KB220653

어
떤

비
밀

어

떤

비

밀

최
진
영

산
문

ㄴㄴ〉〈ㄷㄴ

행복하자고 함께하는 사랑이 아닌,

불행해도 괜찮으니까 함께하자는 사랑에게

작
가
의

말

백로 지나 9월 중순인데도 한여름처럼 더운 나날입니다. 뜨거운 햇살과 더운 바람을 온몸으로 맞으며 걸어왔습니다. 사랑하는 사람이 이곳에 있기 때문입니다. 녹아내리는 눈사람처럼 땀에 흠뻑 젖은 채로 카페 문을 열고 들어서니 그가 나를 반깁니다. 목에 흐르는 땀을 닦아주고 서둘러 시원한 커피를 만들어줍니다. 그의 걱정을 더 듣고 싶어서 나는 자랑하듯 말합니다. 여기까지 오는 길이 얼마큼 뜨겁고 어질어질했는지. 양산도 모자도 없이 집을 나선 나는 어찌나 어리석은지. 푸른 바다와 흰구름은 얼마나 아름다웠는지. 맑은 하늘에서 잠시 비가 흩뿌릴 때는 보석이 쏟아지는 것처럼 반짝거렸습니다. 무지개를 찾아서 하늘을 오래도록 바라봤어요. 나는 찾지 못했지만, 끝없는 하늘 곳곳에서는 수천 개 무지개가 나타나고 사라지길 반복했겠지요. 한라산 능선은 오늘도 하늘과 땅을 의젓하게 지탱하고 있습니다. 머지않아 제주를 떠날 예정입니다. 숨막히는 더위조차 그립겠지요. 한겨울 눈보라도, 봄날의

제비도, 늦가을 억새도, 잔잔한 금능 바다와 넓은 창으로 바라
보는 비양도도.

카페의 구석자리에 앉아 이 글을 씁니다. 이곳에서 절기 편
지를 시작했습니다. 일 년 동안 편지를 쓰며 날씨와 계절을 온
전히 통과했습니다.

처음을 생각합니다. 이십여 년 전, 우리는 만납니다. 인사를
나누고 서로의 이름을 기억합니다. 매일 만나다가 몇 년간 만
나지 않다가 드문드문 안부를 주고받다가 어느 날 문득 연인
이 됩니다. 남은 생을 함께하자고 약속한 뒤 제주로 향합니다.
그는 제주 서쪽 옹포리에 아담한 로스터리 카페를 엽니다. 우
리에게 사랑은 영원, 영원은 무한이니까 카페 이름은 '무한의
서'입니다. 그는 매일 생두를 볶고 커피를 내리고 손님을 맞이
합니다. 그에게 힘을 보태고 싶어서 나는 편지를 씁니다. 절기
마다 새로운 편지를 써서 원하는 손님에게 전합니다. 24절기
편지를 완성하고 각각의 편지에 산문을 더해 첫 산문집을 꾸
립니다. 그를 만나지 않았다면 편지를 시작하지 않았을 테니
이 책을 쓰기까지 이십 년이 걸렸다고 말해도 될까요. 내 인생

의 절반에 가까운 시간입니다. 이제부터 절반을 넘어서겠지요. 그러므로 계속하고 싶습니다. 삶을 사랑으로 차곡차곡 채우고 싶어요.

또다른 처음을 생각합니다. 이십여 년 전, 나는 랩톱의 한글창을 열고 글을 씁니다. 어떻게 시작해야 할지 몰라서, 첫 문장으로 적당하다는 허락을 누구에게도 구할 수 없어서 그저 쓰고 지웠을 거예요. 그러다 마침내 한 문장을 완성하고, 남겨두고, 다음 문장으로 나아갑니다. 그 과정을 반복하며 백지를 조금씩 문장으로 채웁니다. 바로 지금처럼, 이 글을 쓰는 과정과 다르지 않은 방식으로 글을 쓰고 결말에 다다른 뒤 그것을 나의 첫 소설이라 불렀겠지요. 과거를 회상하면서도 나는 거듭 추측형 단어를 사용합니다. 분명한 기억이 아니어서 상상을 더합니다. 다르지 않은 방식으로, 겪은 일을 상상하며 이 책을 썼습니다. 첫 소설이 없었다면 첫 산문집도 없을 테니 이 책을 쓰기까지, 다시 한번, 이십 년이 걸렸다고 생각해봅니다. 처음을 가졌으니 다음으로 건너가다보면 마지막에 닿을 겁니다. 마지막을 생각하면 서둘러 오늘이 그립습니다. 미래의 나 또한 지금을 떠올리기 위해 상상의 힘을 빌리겠지요.

이 책을 채운 건 오해와 외로움, 착각과 편견, 미움과 그리움, 슬픔과 어리석음, 상처와 회복, 나와 당신, 그 사이를 이어주는 이야기, 그러므로 사랑하는 마음입니다. 소설을 쓸 때는 허구와 화자 뒤에 숨을 수 있습니다. 알맹이를 감추려고 겹겹이 포장할 수 있어요. 산문은 포장이 곧 내용물 같아서 쓰는 동안 두려웠습니다. 나는 겁이 많은 사람. 그래서 가끔 용감해집니다. 매우 용감한 사람은 눈치챌 수 없는 한 걸음의 용기를 낼 때가 있지요. 갇혀 있으면 나아갈 수 없습니다. 벽을 뛰어넘을 수 없다면 문이라도 두드려야 합니다. 계십니까. 나는 여기서 나가고 싶습니다. 도와주세요. 문을 열어주세요. 절기 편지를 받은 뒤 카페의 방명록인 '두고 가는 마음'에 답장을 남겨준 분들이 있습니다. 답장은 아니어도 그 시절의 슬픔과 두려움, 고민과 행복, 유머와 다짐, 추억이 될 기억을 남겨준 분들도 있습니다. 온라인으로 원두를 주문하며 편지를 받아본 분들도 있습니다. 나의 용기에 응답해준 사람들, 문을 열어준 그분들 덕분에 스물네 통의 편지를 완성할 수 있었어요. 산문을 쓰는 동안 하지 못한 말에서 비롯된 여러 감정을 돌아봤습니다. 쓰고 보니 낯설어요. 내 삶이 지어낸 이야기 같습니다. 나는 아직 태어나지 않은 것만 같고 지난날은 기나긴 꿈처럼 느껴집니다. 책임지지 않아도 되는 이야기, 꿈에서 깨어나면 그만이니까 나쁜 내용이어도 상관없는 이야기가 내 삶이길 바랄 때도 있습니다. 그러나 이 삶에는 당신이 있어요. 당신을 꿈으로 둘 수는 없습니다. 잘 잤어? 묻는다면 어떤 꿈을 꾸었는지 말해줄게요. 잘 지냈어? 묻는다면 다정한 그 인사를 오래 그리워하겠습니다. 가장 뒤에서 끝까지 돌아보는 사람의 마음으로.

첫 산문집이라는 문을 열고 나갑니다.
새하얀 눈이 내려 발자국을 지워주면 좋겠습니다.
걸어온 방향을 몰라 주저 없이 새로운 길로 나아갈 수 있도록.

2024년 9월
무한의 서에서
최진영

3
월

경칩
驚蟄

아무렴,

너를 뭐라고

불러야 좋을까

O

3월입니다.

입학식과 개학식을 했을 거예요.

또다른 시작입니다.

경칩驚蟄,

만물이 겨울잠에서 깨어나는 시기.

이제부터 한난寒煖을 반복하다 마침내 봄으로 나아갑니다.

추위와 따뜻함이 공존하는 한때.

추위가 곁에 있어 따뜻함을 실감하고

따뜻함을 느꼈기에 더욱 차갑게 다가오는 바람.

그리고 마침내 도래하는 봄.

잘 지내고 계신가요.

지난 일 년을 돌아봅니다.

비슷한 일상 속에도 다양한 일이 있었어요.

어제는 사랑을 믿고 오늘은 의심하고

마음을 꾸깃꾸깃 구겨서 힘껏 던져버렸다가

먼 곳까지 터덜터덜 걸어가

내가 구긴 그것을 주워서 펼쳐보던 날들.

사는 대로 사는 것 같지만

오늘은 언제나 처음입니다.

처음이자 마지막인 하루.

나는 또 감기에 걸렸습니다.

이번에는 두통과 기관지 통증이 있습니다.

입맛은 쓰고 으슬으슬 추워요.

사람은 왜 자꾸 아플까,

아프니까 사람이겠지 생각하다가

저번과 똑같은 곳이 아픈 건 아니라고 생각을 고쳐봅니다.

이건 새로운 감기야.

아픔을 모르는 나의 일부가 아직 남아 있습니다.

옛사람들은 이 무렵에 첫번째 천둥이 치고
그 소리를 들은 벌레들이 땅에서 나온다고 생각했대요.

천둥소리에 놀라 더 깊은 곳으로 숨지 않고
용감하게 바깥으로 나오는 작은 생명들.

"우리는 비, 바람, 벼락을 향해 고개를 쳐들고 다닐 거야."*
지금보다 젊었던 날, 나의 좌우명입니다.

비가 오면 비를 맞는 사람이고 싶었습니다.
바람이 불면 바람 속에서 흔들리는 사람.
천둥소리에 귀를 막지 않고

---

* 장 주네, 『도둑 일기』, 박형섭 옮김, 민음사, 2008, 109쪽.

섬광을 똑바로 바라보는 사람.

비바람과 진흙탕 속에서도
용감하고 당당한 나를 꿈꾸던 날들.

그러나 두려웠던 봄.

새로운 친구를 사귈 자신이 없습니다.
더 어려운 공부를 해야 할 테고
시험은 끝나지 않을 것만 같아요.
따라갈 수 없으리란 생각에 벌써 숨이 찹니다.

새싹은 돋고 꽃은 피어나고 나비는 날고
온갖 생명이 부지런히 자기 일을 해내는 세상에서
나도 이제 무언가를 시작해야 하는데

아직 겨울에 있습니다.
아픔이 낫지 않아요.

상처 주고 싶지 않아서, 상처받기도 싫어서

더 깊은 곳으로 숨고 싶을 때

사랑은 왜 자꾸 아플까,

아프니까 사랑이겠지 생각하다가

당신도 오늘의 나는 처음이겠구나 생각을 고쳐봅니다.

그러니까 이건 새로운 사랑이야.

그리고 오늘은 새로운 하루.

차가움과 따뜻함이 공존하는 특별한 계절.

내가 만약 당신을 속상하게 한다면

우리에게 따뜻한 추억이 있어서라고 생각해주세요.

아픔을 모르는 나의 일부가 아직 남아 있으니

용감하고 당당한 나의 상처가 그 일부를 지켜줄 거예요.

이 감기가 다 나으면 그땐 정말 봄이겠지요.

처음이자 마지막인 올해의 봄이 저기 오고 있습니다.

경칩의 편지 이전에 또다른 경칩의 편지가 있었다.

이맘때면 자주 나를 돌아보는 기억이 있습니다.
나를 잊진 않았겠지?

아무렴.
너를 뭐라고 불러야 좋을까.

겨울잠.

나에게도 있었습니다. 그만 깨어나고 싶은데, 일어나 문
을 열고 나가고 싶은데, 내가 앉은 곳과 문 사이에 깊은 바
다가 있어, 헤엄칠 줄 모르는 나는, 섬처럼 앉아만 있던 나
는, 어느 날 자정 무렵 포스트잇에 한 문장을 씁니다.

바다를 보고 올게요.

망설임을 구겨 던지고
두꺼운 코트를 입고 기차역으로 갑니다.

그날 아침 엄마는 포스트잇의 문장을 보고 옷장을 열어 봅니다. 내가 가출이라도 한 줄 알고. 아니, 엄마 나는 내가 너무 오래 자서 죽은 걸까봐. 근데 내 방에 바다가 있는 거 알아? 내가 섬인 걸 알아? 문을 열지 못하고 수십 번을 혼자서 폭발했거든. 뜨거운 용암은 바다에 잠기고 문 너머는 잠잠했거든. 사춘기인 줄 알았다고? 아니, 나는 내가 죽었다 살아난 이야기를 하려는 거야. 사춘기여서 그런 거라고? 아, 예, 사춘기는 언제나 만병통치약이죠. 나는 문을 열고 싶었어. 돌과 같은 몸을 움직여, 부스러지며 일으켜, 차고 뜨거운 바다를 건너, 저기 저 문을 열고.

내가 여기 있다고.

고등학교 졸업을 앞둔 2월의 어느 날이었습니다.

오늘은 당신에게 그 이야기를 하고 싶어요.

겨울잠에서 깨어났지만 봄은 아니었던 그때의 이야기를.

살아보면 알게 되는 것이 있듯 아무리 살아봐도 알 수 없는 것이 있다. 나에겐 십대와 이십대가 그렇다. 살아봤지만 알 수 없다. 돌이켜 복기할수록 더욱 모르겠다. 그 시절의 나는 피카소 그림 같다. 불협화음으로 가득한 현대음악 같다. 아니, 이렇게 표현하면 너무 거창하고⋯⋯ 질문이 삼백 개 넘는 심리검사지 같다고 하면 어떨까. 피검사자의 전략적이거나 무성의한 답변을 걸러내기 위한 트릭 질문을 뒤섞은 검사지.

내가 여기 있어.

그 말을 할 수 없었다. 눈빛이나 표정을 감추지 못해서 들킬 것만 같았다. 들키면 멀어질 것 같았다. 그래서 일부러 모른 척했다. 없는 사람처럼 대했다. 첫사랑 이야기다. 이제부터 나의 첫사랑을 '파도'라고 부르겠다.

파도와 나는 이 년 동안 같은 반이었다. 그런데도 우리는 말을 섞지 않았다. 어울려 놀지 않았다. 눈이 마주칠 것 같으면 창밖으로 시선을 돌렸다. 힘껏 모르는 척했다. 친구로 지낼 수는 없었기 때문이다. 우리는 유령을 지나치듯 서로를 스쳐갔다. 그런 순간은 너무 많았다. 최선을 다해 모른 척하는 게 우리 사이의 인사라고 나는 믿고 싶었다.

매일 밤 일기를 썼다. 문장으로 나를 헐뜯고 파도의 아름다움을 찬양했다. 파도의 빛. 파도의 유려함. 파도의 기품. 파도의 뒷모습. 나의 초라함. 보잘것없음. 나를 포박하는 짙은 우울. 복잡하고 아득한 감정을 돌에 새기듯 썼다. 유사한 문장은 쌓이고 쌓여 어떤 감각이 되었고 판화처럼 내면에 남아버렸다. 지금까지 나는 '첫사랑'이란 단편소설을 세 편 썼다. '첫사랑 1' '첫사랑 2'가 아니다. 각각의 독립적인 '첫사랑'이다. 쓰고 싶어서 썼고 쓸 수밖에 없어서 썼고 그것은 시리즈가 될 수 없다. 소설집마다 '첫사랑'을 싣고 싶다는 바람은 뒤늦게 품었다. 그럴 수 있을까? 이십 년 뒤에도 '첫사랑'을 쓸 수 있을까? 내면의 판화를 잃어버리지 않을 수 있을까?

내가 여기 있어.

누구에게라도 그 말을 하고 싶어서 가끔 야자를 빼먹고 기차역까지 걸어갔다. 늘 그 자리에 있으니까 나를 봐주지 않는 것 같아서. 기차역의 전광판에는 무궁화호, 새마을호, 청량리, 부전, 안동, 강릉 등의 글자가 초록색 빨간색 노란색으로 빛났다. 그 빛을 바라보며 속초를 생각했다. 그때 내게 속초는 가본 적 없는 곳. 어쩐지 외국보다 더 멀게 느껴지는 곳. '속초'라는 지명은 영주, 전주, 원주, 상주 같은 지명보다 특별해 보였다. 강릉, 태백, 서울, 부산과도 느낌이 달랐다. '속초'라고 중얼거리면 뭔가를 머금은 것 같았다. 바닷가보다 숲의 분위기를 내뿜었다. 속초에는 어떻게 가야 할까. 언젠가는 꼭 속초에 갈 거야. 그런 생각을 자주 하다보니 속초는 나의 장래희망이 되었다. 친구들이 직업이나 대학을 꿈꿀 때 나는 장소를 꿈꿨다.

졸업식을 앞둔 2월의 어느 밤, 이젠 정말 가보자고 마음먹었다. 어른이 되기 전에 속초에 가자. 그곳이 상상이 아니라는 것을 확인하자. 며칠 전에 받은 세뱃돈이 있어서 실행할 수 있었다. 포스트잇에 메모를 적어서 냉장고에 붙여두고 커다란 외투를 입고 집을 나섰다. 새벽 두시 무렵의 기차를 탈 작정이었다. 집에서 기차역까지는 어떻게 갔을까? 걸어가기엔 너무 먼 거리니까 택시를 탔을 텐데, 당시 내겐 휴대폰도 없었고, 그런 게 있었다 해도 그 야심한 시간에 직접 전화를 걸어 택시를 불렀을 리 없다. 밤거리를 대책 없이 걷다가 택시를 잡아탔을 가능성이 가장 크다. 돌이켜보면 '내가 그럴 수 있었다고?' 싶은 일들을 당시의 나는 했다. 겁을 내면서도 위험을 느끼면서도 두려움을 껴안고 나아갔다. 거창한 다짐 없이, 얻기 위해서가 아니라 버리려고, 시작하기 위해서가 아니라 끝내려고. 어리거나 젊을 때의 나는 지금보다 훨씬 용감하고 대범하다. 그러니까 지금의 나도 미래의 나보다 용감할 수 있다. 뭐든 더 해볼 수 있다.

기차는 새벽을 향해 달렸다. 정동진역에 가까워지면서 대기는 서서히 파란빛을 뿜었다. 정동진역에 내려 흐릿한 일출을 보고 다음 기차를 탔다. 강릉역에 내려 시외버스 터미널로 갔다. 버스를 타고 속초에 닿았다. 점점 흐려지더니 비가 내렸다. 검은 코트를 입고 흩날리는 비를 맞으며 깨달았다. 속초는 꿈도 목표도 아니었다는 걸. 내가 확인하고 싶었던 건 장소가 아니었다. 혼자서 속초 바다까지 가는 나였다. 마침내

31

그것을 해내려고 하자 멍게*가 몸을 부풀리며 나를 조롱하기 시작했다.

 거기까지 가서 뭐하려고. 어차피 혼자잖아. 아무도 내게 관심 없어. 바다를 본다고 뭐가 달라지겠어? 혼자서 지루하게 돌아갈 일만 남았지. 이 경험을 누구와 나눌 수 있겠어? 결국 나만 아는 일로 남겠지. 심지어 나에게조차 별 의미가 없을걸. 비밀이 쌓일수록 외로워질 뿐이야.

 갑자기 바다에 가기 싫어졌다. 결승점이 코앞인데 그만 달리고 싶은 마음. 결승점을 통과하면 끝이니까, 끝은 두려우니까, 서서히 멈춰 끝에 닿지 않으려는 마음. 그 마음을 너무 잘 알았던 나는, 매번 그 마음에 기대어 살았던 나는 기다렸다는 듯 멍게에게 굴복하고 싶었지만, 굴복하고 싶은 마음에 굴복하지 않는 마음**도 있었기 때문에 망설이며 주저하며 어쨌든

---

*   내 속엔 내가 너무도 많은데 그중에는 나를 무시하고 억압하고 비웃는 내가 있고 나는 걔를 멍게라고 부른다.
** 내 속에 너무 많은 나 중에는 무시당하거나 굴복하지 않으려는 나도 있는데 나는 걔를 '해초'라고 부른다. "해초는 세균을 죽이는 물질을 배출하여 인간과 해양 생물에게 해를 끼치는 병원균을 최대 50%까지 줄여준다"고 위키백과에 쓰여 있다.

조금씩 나아가서 바다 비슷한 걸 멀리서 보고는 돌아섰다. 그때는 내가 어디에서 무슨 바다를 봤는지 몰랐다. 아마도 속초항 근처를 맴돌았던 것 같다.

고등학교 1학년 때, 헤일-밥 혜성이 지구 근처를 지나갈 예정이라는, 혜성의 꼬리까지 볼 수 있을 거라는 신문 기사를 봤다. 그 기사를 오려서 벽에 붙여두고 그날을 기다렸다. 내 방 창문에 기대어 서서 며칠 동안 혜성을 봤다. 정말 꼬리까지 보였다. 나는 감탄하지 않았다. 기대하다가 마침내 맞이한 그 순간에 의미를 부여하지 않으려고 애썼다. 내가 보고 있는 저것이 진짜일까 의심했다. 진짜 혜성과 벽에 붙여놓은 야광별 스티커를 비교했다. 멍게가 종알거렸다. 막상 보니 별일 아니잖아. 지루해. 너무 심심해. 대체 왜 기다렸던 거야. 저걸 본다고 뭐가 달라지겠어? 눈앞에 혜성이 있는데 아무 일도 일어나지 않네.

하지만 이젠 안다. 그건 진짜 별일이었다. 살면서 육안으로 혜성의 꼬리까지 본 유일한 순간. 그렇게 나의 첫 〈혼자만의 여행〉*은 완성된 줄 알았다. 나의 숱한 시도들처럼 허무하게. 속초 바다를 보러 거기까지 갔으면서, 벼르고 벼르다 떠났으면서, 항구 근처 어딘가를 맴돌며 '저게 과연 바다일까?' 의아해하다가 돌아서버린 정말 나다운 결말.

졸업식을 한 날 저녁, 집전화가 울렸다(아직 내겐 휴대폰이 없었다). 너무나도 잘 아는, 그러나 한 번도 나를 향해 발화된 적은 없는 목소리가 수화기를 타고 흘러나왔다. 졸업 앨범에 적힌 전화번호를 보고 연락했어. 편지를 쓰고 싶은데 앞으로 네가 머물 곳의 주소를 알려줄 수 있어? 나는 앞으로 머물 예정인 기숙사 주소를 알려줬다. 파도는 나에게 자기 휴대폰 번호를 알려줬다.

대학을 다니며 우리는 꾸준히 편지를 주고받았다. 문자메시지를 보낼 수도 있고, 버디버디도 있고, 하다못해 싸이월드 방명록에 안부를 남길 수도 있는데 그러지 않고, 서로를 힘껏 모른 척했듯 최선을 다해 아날로그를 고집했다. 오직 한 사람을 향한 손글씨. 봉투 속에 봉인한 내밀함. 실시간 안부가 아닌 시차를 둔 안부.

---

* 조동익 첫번째 솔로앨범 '동경'의 마지막 트랙.

그저 그런 친구로 남을 수 없다는 마음.

대학을 졸업하며 손편지는 멈췄지만 파도와의 연결이 완벽하게 끊어졌다고 느낀 적은 없었다. 종종 이메일을 주고받았고 특별한 사건이 생기면 서로에게 알렸다. 시간이 흐를수록 나는 유연해졌다. 표정이나 내면을 감춰야만 한다는 강박도 사라졌다. 삼십대에 들어선 어느 날. 아주 오랜만에 파도를 만나 커피를 마시며 지난 이야기를 하던 봄날. 나는 무심코 그 얘기를 꺼냈다. 고등학교를 졸업하기 며칠 전 혼자 떠났던 속초행을. 내 이야기를 듣던 파도가 말했다.

그때 너를 봤어.

파도 또한 그날 일출을 보려고 그 기차를 탔다고, 정동진에서 내렸다고, 해변에서 나를 봐서 신기했다고, 그 기억이 또렷하다고 말했다. 파도의 기억으로 이야기는 완전히 새로워졌다. 혼자만의 이야기가 아니었다. 보이지 않는 곳에 파도가 있었다. 파도는 나를 봤다. 그렇게 나의 속초행은 십여 년의 세월이 흐른 뒤에야 비로소 완성된다.

내 속의 너무 많은 내가 '별일 아닌 것'으로 넘겨버린 일을 누군가는 신기하게도 기억한다. 아무리 살아봐도 알 수 없는 것이 있듯 살아봐야 비로소 의미를 갖는 일들이 있다. 삶은 과거 현재 미래가 뒤섞여서 동시에 존재하는 커다란 직소퍼즐이다. 지금 겪는 일의 의미를 나는 아직 모른다. 언젠가 이 일과 이어지는 퍼즐이 나타날 것이다. 의미는 채워지고 해석은 달라질 것이다. 그림은 완성되지 않았다. 이야기는 이어질 수 있다. 기억한다면. 기다린다면. 섣불리 버리거나 봉인하지 않는다면.

내가 여기 있어.
혼잣말이었다.
그때 너를 봤어.
어떤 대답은 시간을 충분히 여행하고 돌아온다.

3
월

춘분
春分

나에게 처음으로
꽃을 선물한 사람

○

꽃이 피었습니다.

당신도 보셨을까요.

춘분春分입니다.

낮과 밤의 길이가 같고 추위와 더위가 같은 날.

이즈음이면 조동진님의 〈제비꽃〉이 떠오릅니다.

그 노래의 '너'와 비슷한 아이를 알고 있어요.

아주 한밤중에도 깨어 있던 친구.

나에게 처음으로 꽃을 선물했던 사람.

당신과 그 친구 이야기를 나누고 싶습니다.

머나먼 봄, 우린 열여섯 살,

구름은 낮고 땅은 거뭇한 일요일 오후

둘뿐인 교실입니다.

친구는 무심한 표정으로

교탁 아래에서 꽃다발을 꺼내

나에게 건넵니다.

아무 날도 아니었지만,

아무 날도 아니었기에 더욱 빛나던 꽃.

나의 기억은 노란색 프리지아를

고집스럽게 보라색으로 바꾸고

그 시절 우리에게 이유는 없습니다.

친구는 이유 없이 새벽을 걸어와 눈부신 아침을 선물합니다.

나는 이유 없이 저녁을 걸어가 어두운 밤을 보여줍니다.

특별한 날은 아니지만 꽃을 선물하면 그저 받고

시들어가는 꽃을 가만히 품어봅니다.

소리 없이 울면 곁을 서성입니다.

어느 날 친구는 전화를 걸어 부탁합니다.

엄마가 물어보면 내가 어디에 있는지 모른다고 말해줘.

하지만 나는 네가 있는 곳을 정말 모르는걸.

너를 위해 거짓말을 할 수 있도록 내게 기회를 줘.

넌 지금 어디 있니.

차마 묻지 못했습니다.

스물한 살의 봄에 우리는 마지막으로 만났고

어떤 이유로 연락이 끊겼는지 기억나지 않습니다.

'춘분에는 날이 어두워 해가 보이지 않는 것이 좋고, 만약 청
명하고 구름이 없으면 만물이 제대로 자라지 못하고 열병이 많
다'*는 문장을 읽으며 그 친구를 생각합니다.

---

* 한국민속대백과사전.

우리는 서로의 구름이자 추위, 밤과 그늘이었을까요.

노란색을 건네면 보라색으로 받으면서

서로의 열병을 덜어주던 사이.

네가 빛을 주었으니 나는 어둠을 줄게.

네가 어둠을 주었으니 나는 비밀을 줄게.

네가 비밀을 주었으니 나는 꽃을 줄게.

네가 꽃을 주었으니 나는……

시간이 많이 흘렀습니다.

삶이 너무 뜨겁고 지겨워서

어딘가로 피하고 싶을 때면 생각합니다.

지금 태양이 나를 똑바로 비추고 있구나.

누군가에게 지금의 나는 대단히 빛나 보이겠구나.

환하겠구나.

그늘을 찾아 두리번거리는 내가 한창처럼 보이겠구나.

당신의 정오는 언제일까요.

열병을 덜어줄 구름 같은 사람이 당신 곁을 서성이길

서로의 그늘에 기대어 한낮의 열병을 잠시나마 가라앉히길

아무 이유 없이

밤과 낮의 길이가

추위와 더위의 무게가 같은 날이 있어

다행입니다.

그리운 마음으로 당신의 안녕을 기원합니다.

편지 속 친구와는 중학교 2학년 때 친해졌다. 나에게 처음 꽃을 선물한 사람. 그 친구를 이제부터 '제비꽃'이라고 부르겠다.

어느 일요일 오후, 학교 운동장에서 놀던 제비꽃과 나는 이런저런 이야기를 나누다 교실로 향했다. 교실 뒷문을 열고 들어선 제비꽃이 곧장 앞으로 걸어가더니 교탁 아래에서 꽃다발을 꺼내 나에게 줬다. 나와 만나기 전 미리 교실에 들러 넣어뒀다고 했다. 나는 자연스럽게 꽃을 받았다. 돌이켜보면 벅찰 만큼 아름다운 마음인데, 축하할 일이 없어도 친구에게 꽃을 선물하는 그 마음은 너무나도 순전하고 애틋한데, 당시 우리에게는 그런 마음이 넘쳐흐를 정도로 많았는지 나는 놀라지도 않았다. 그런 일은 무시로 일어났다. 이유 없이 과자와 초콜릿을 한아름 사서 친구 책상 위에 놓아두고 말도 없이 간다거나, 졸업식 날 스무 장이 넘는 편지를 써서 준다거나, 먼길을 걸어와 캔커피를 건네고 돌아선다거나, 좋아하는 노래를 카세트

테이프에 일일이 녹음해 세상에서 하나뿐인 컴필레이션 음반을 만들어 선물한다거나, 이어폰을 하나씩 나눠 꽂은 채로 한 시간 넘게 같이 음악을 듣는다거나, 아름다운 가사를 예쁜 종이에 정성껏 써서 건넨다거나⋯⋯ 네가 그것을 주면 나는 그대로 받고, 그렇다면 나는 무엇을 줘야 할까 고민하지 않는 사이. 우리는 이유 없이 친해지고 멀어졌다.

제비꽃은 글씨를 잘 써서 반의 서기를 맡아 했다. 지금도 제비꽃의 둥근 글씨체를 기억한다. 제비꽃은 말을 천천히 했다. 그 목소리와 말투를 기억한다. 제비꽃의 집은 시내 중심에, 나의 집은 시 외곽에 있었다. 걸어서 한 시간 넘게 걸리는 거리였다. 여름방학이면 제비꽃은 새벽에 집을 나와 우리집까지 걸어오곤 했다. 집 앞이라는 제비꽃의 전화를 받고 아파트 공동 현관을 나서면 아침 햇살에 눈이 부셨다.

걸어왔어?
응.
잠을 못 잤어?
그냥 걷고 싶어서.

제비꽃은 봤으니까 갈게, 하며 돌아섰다. 조금씩 멀어지는 뒷모습. 여름날 아침의 반짝이는 햇살. 서서히 데워지던 세상. 그늘 한 점 없는 길을 홀로 걸어왔을 너. 고민이 있었을 것이다. 먼저 말하기를 기다리는 편이었다.

때로는 내가 그 길을 걸어 제비꽃을 만나러 갔다. 저녁 무렵 집을 나서면 밤에 닿았다. 전화를 걸어 근처라고 말하면 제비꽃은 나를 만나러 나왔다. 우리는 건물의 돌계단에 앉아서 자판기 커피를 마시며 이런저런 이야기를 나누었다. 가끔은 비디오 대여점까지 걸어가서 영화 엽서를 샀다. 시내의 어둑한 골목을 걸으며 두서없이 꺼냈던 깊은 고민들. 주로 어른들의 문제였다. 우리는 어쩔 수 없던 일. 바람이 불면 흔들릴 수밖에 없고 폭우가 쏟아지면 흠뻑 젖을 수밖에 없던 일들. 제비꽃은 어린 동생을 걱정했다. 그 동생의 이름을 기억한다. 「돌담」이란 단편소설에 "나는 장미의 동생이 되고 싶었다"는 문장을 썼다. 그 문장을 쓸 때 제비꽃의 동생을 생각했다.

나는 언제나 작은 편이었는데 제비꽃은 나보다 조금 더 작았다. 비슷한 눈높이.

제비꽃은 영어를 잘했다. 커서 외교관이 되고 싶다고 했다. 외교관이 장래희망이라는 말은 처음 들었고 이후에도 들은 적 없다. 정말 멋진 꿈이라고 생각했다.

제비꽃은 눈이 컸다. 바람이 불면 눈물이 나, 웃으며 말했다. 교복 소매로 눈물을 닦았다.

제비꽃은 가족을 좋아했다. 말썽을 부리는 가족 이야기를 할 때도 애정이 느껴졌다. 그럴 때마다 거리감을 느끼면서도 다행이라고 생각했다.

졸업을 앞둔 12월. 제비꽃이 말했다.

크리스마스이브에 운동장에서 불꽃놀이를 하자.

우리는 학교 앞 문구사에서 만났다. 스파클라 폭죽을 사서 깜깜한 학교 운동장으로 갔다. 운동장 한가운데 서서 폭죽에 불을 붙였다. 폭죽은 별처럼 반짝이며 타들어갔다. 우리는 빛나는 폭죽을 높이 들고 이리저리 흔들면서 웃었다. 학교 중앙 현관에서 어떤 사람이 걸어나왔다. 당직중이던 선생님이었다. 그는 우리를 향해 뭐하는 짓이냐고 소리를 질렀다. 우리는 겁을 먹었다. 그는 우리를 한심하게 쳐다보며 말했다.

라이터는 어디서 났어? 늬들 담배 피우냐? 너네가 여기서 폭

죽 흔들면 어디 다른 데서 남자애들이 폭죽 터트리기로 약속
한 거 아니야?

  정말 기발한 상상력이다. 어떻게 그런 생각부터 할 수 있을
까? 그때 우리는 남자애들한테는 관심도 없었다. 우리는 서로
에게 꽃과 초콜릿을 선물했다. 서로를 만나기 위해 걷고 기다
렸다. 이어폰을 나눠 끼고 같이 음악을 듣고 싶은 사람은 결코
남자애가 아니었다. 남자애들은 서로 욕하면서 좋다고 웃었고
꽃을 주는 대신 침을 뱉으며 비아냥거렸고 쓰레기를 아무데나
버렸고 위협적으로 자전거를 탔고 농구를 하다가 화가 나면
사람 얼굴을 향해 공을 집어던졌다. 모든 남자애가 그랬던 건
아니지만 내 눈에는 그런 남자애들이 먼저 보였다. 그런 애들
이랑 크리스마스이브에 대체 뭘 하겠는가.

  위험하다고 주의를 주고 집으로 돌아가라고 했어도 충분히
알아들었을 텐데, 선생님은 교무실로 우리를 데려간 뒤 집으
로 전화하라고 했다. 너희 같은 애들을 이대로 풀어주면 남자
애들을 만나 나쁜 짓을 할 게 뻔하니 부모에게 바로 넘겨야 한
다면서. 여자애를 무조건 남자애와 묶어서 생각해버리는 조악

함. 크리스마스이브니까 불꽃놀이를 하고 싶었다. 학교 운동
장은 우리가 떠올릴 수 있는 가장 안전한 곳이었다. 아름다운
것을 안전한 장소에서 보고 싶었다.

선생님은 다음처럼 말할 수도 있었다.

위험하니까 이제 그만해.

늦었으니까 어서 집으로 돌아가.

그럼 우리를 걱정한다고 느꼈을 것이다. 또는 다음처럼 말
할 수도 있었다.

위험하니까 내가 불을 붙여줄게. 불꽃이 꺼질 때까지 지켜
보고 있을게.

그럼 우리는 보호받는다고 느꼈을 것이다.

선생님은 우리를 보호하려고 하지 않았다. 걱정하지도 않았
다. 의심하고 경멸했다. 선생님의 지시대로 집으로 전화를 했
다. 제비꽃의 어머니와 나의 아버지가 학교로 왔다. 어머니를
따라 교문을 나서며 제비꽃은 울었다. 바람이 아주 많이 불 때
처럼 눈물을 닦았다. 나는 제비꽃이 자기 엄마를 얼마나 좋아
하고 걱정하는지 알았다. 제비꽃은 엄마에게 야단맞을 걱정
따윈 하지 않았다. 그날도 제비꽃은 잘못했어요, 라고 하지 않

왔다. 엄마 미안해, 정말 미안해 중얼거리면서 울었다. 나는 그 선생님의 얼굴과 이름과 담당 과목을 기억한다. 오른볼에 볼록 솟은 짙은 점과 그 점에 난 털 한 가닥까지 기억한다. 이 글을 쓰면서 기억이 되살아났다. 너무 생생하게 기억나서 내심 놀랍다.

아버지를 따라 집으로 갔다. 주방에서 감자를 썰고 있던 엄마가 나를 보지 않고 말했다. 대체 뭔 짓을 하고 다니기에 학교에서 전화가 오는 거야. 나는 대체로 말썽을 피우거나 문제를 일으키지 않는 학생이었다. 학부모 소환 경험도 처음이었다. 그렇지만 엄마는 '내 딸이 나쁜 짓을 할 리가 없는데 대체 무슨 일일까'라고 생각하는 대신 선생님에게 전화가 왔으니 뭔 짓을 했다고 먼저 믿어버렸다. 아버지가 학교에 왔을 때도 나는 울지 않았다. 집으로 돌아가는 길에도 울 마음은 없었다. 엄마의 차가운 호통을 듣고서야 무서워서 울었다. 나는 엄마 미안해, 라고 말할 수 없었다. 잘못했어요, 라고 말해야만 했다. 크리스마스이브의 악몽. 왜 이렇게 세세하게 기억하는지 모르겠다. 따뜻한 기억도 많을 텐데 왜 이런 것만 꽉 붙들고 사는지.

제비꽃은 고등학교 2학년 때 전학을 갔다. 수능을 치른 뒤, 겨울 한가운데에서 편지를 받았다. 봉투의 좌측 상단에는 낯선 지역명과 제비꽃의 이름이 적혀 있었다. 봉투 속에는 두어 장의 편지와 사진 한 장이 들어 있었다. 사진 속 제비꽃은 회색 교복을 입고 니삭스를 신은 채 네댓 명의 친구와 함께 웃고 있었다. 사진을 보고 안도했다. 친구들과 함께여서. 억지 미소가 아니어서.

스물한 살 여름에 우리는 서울에서 한 번 만났고 이후 연락이 끊겼다.

이십대 최진영은 무척 비관적이었고 소중한 사람을 챙길 줄 몰랐다.

후회한다.

울며 웃는 사람. 생색내지 않는 배려. 드러내지 않아서 흘러나오는 따뜻한 심성. 애정과 쓸쓸함이 공존하는 말투와 눈빛. 밤을 지새고 아침을 걸어오는 사람. 눈부신 햇빛 속에서 멀어지던 뒷모습. 당시 나는 몰랐다. 그 시절 그 아침을 이토록 오랫동안 기억할지. 그리고 몰랐다. 소중한 사람과 오래 연결되려면 나도 같이 애써야 한다는 걸. 누군가를 향한 이유 없는 걸음과 무리 없는 만남이 절대 흔치 않음을 이젠 안다.

봤으니까 갈게.

그래 잘가.

그처럼 깨끗한 말을 왜곡 없이 주고받기 힘들다는 것 또한 따뜻한 기억이다. 꽉 붙들지 않아도 남아 있는, 향기처럼 배인 기억. 그 시절 우리의 편지는 보통 이렇게 시작했다.

잘 지내고 있지?

나는 잘 지내고 있어.

그저 당신이 좋아서, 궁금해서, 당신이 잘 지내기를 바라는 마음으로 꾹꾹 눌러쓰는 여섯 글자. 잘 지내고 있지? 봄날의 새싹 같은 그 마음이 움트고 있다.

4
월

청명
清明

우리는 죽음을
영원히 이어갈 수 있다

o

4월입니다.

잘 지내고 계신가요.

가벼운 옷을 걸치고 미지근한 바람을 느끼며 천천히 걷기 좋은 날들. 봄밤의 거리, 다정하게 맞잡은 손, 눈길 닿는 곳마다 비현실적인 색감, 활짝 핀 꽃, 깨끗한 하늘, 움직이는 사람들, 누군가가 누군가의 이름을 부를 때마다 청명해지는 공기.

그러므로 4월은 슬프고

몇 년 전 이맘때 알아버렸습니다.
봄은 내게 '아름답다'에서 '아름답지만은 않다'로 기울었고
언젠가는 봄의 아름다움 자체에 무심해질 날이 오리라는 것.

봄은 내 관심 따위에 관심이 없고

이제 더는 아름답지 않아도 된다는 것.

무심히

봄은 있고

꽃이 있고

나는 있고

당신이 있고

우연히 눈 마주치고 거기 있음을 알게 된다면

무언가는 무언가를 아름답다 생각할 수도

그것이 거기 있어 아파할 수도

보았기에 다시 그리워질 수도 있겠지만

창밖으로 푸른 바다가 보입니다.

하얀 파도가 수평선 끝까지

한겨울의 눈발처럼 일렁입니다.

헤아릴 수 없이 깊겠지요.

하늘처럼 드넓겠지요.

바다에 사람이 있습니다.

청명淸明,
봄이 오기를 기다리며
겨우내 미뤄두었던 것들을 하기 좋은 때라고 합니다.
당신은 무엇을 미뤄두었나요.

나는 미움을 미뤘습니다.
더 사랑하기 위해서요.
언젠가 미루는 수고조차 하고 싶지 않은 날이 온다면
푸르고 환한 곳에서, 정성을 다해,
마지막 편지를 쓰겠습니다.
그때에도 봄은 여전히 거기 있겠지요.

어느 지역에서는 청명에 나무를 심는다고 합니다.
그중 '내 나무'가 있어 아이가 혼인할 때
그 나무로 농을 만들어준다고 해요.

당신에게도 나무가 있습니까?

나에겐 '내 나무' 두 그루가 있었습니다.

내가 심은 나무는 아니었어요.

오늘은 그 이야기를 해도 될까요.

그리 특별한 이야기는 아닙니다.

열여덟, 열아홉 살의 일입니다. 아침 여덟시부터 밤 열한시까지 학교에 머물렀어요. 돌이켜보면 어떻게 그런 생활을 할 수 있었을까 의아합니다. 그때 공부하던 시간만큼 지금 글을 쓴다면…… 아뇨, 절대 그럴 수는 없을 겁니다.

물론 공부만 하지는 않았습니다. 나는 두리번거리는 만큼 창밖을 자주 바라보는 사람이었고 마음에는 지워야 할 이야기가 많았습니다. 교실 창밖으로 멀리, 나무 네 그루가 보였습니다. 그중 가장자리 나무를 '내 나무' 삼아서 매일 말을 걸었습니다. '내 나무'는 복도 창밖에도 한 그루 있었습니다. 어디서든 시선 둘 곳이 필요했으니까요.

『일주일』이란 책의 끄트머리에 그때의 기억을 조금 심어두었습니다. "복도 창문에서 보이는 야산의 많은 나무 중에 '내 나무'를 한 그루 정해두고 매일 인사를 건넸다. 안녕! 안녕! 너는 나를 모르지! 너는 나한테 관심도 없지! 그래도 난 네가 거기 있어서 좋아!" 그리고 다음 문장이 이어집니다. "나는 학교를 좋아했다. 좋아하는 사람이 학교에 있었기 때문이다."

바람 따라 흔들리고 맞부딪치는 무성한 나뭇잎은 마치 떼를 지어 박수를 치는 것처럼 보였어요. 너는 나를 모르지! 하소연하면 나무는 박수를 칩니다. 너는 나한테 관심도 없지! 토로해도 나무는 박수를 칩니다. 그래도 난 네가 좋아!라고 고백하면 나무는 더 큰 소리로 박수를 칩니다. 멀리서 나의 마음을 다 알아듣고 힘껏 박수를 칩니다.

때로는 나무를 바라보며 울었습니다. 눈물이 흐르기 전에 닦아내면서. 아무도 모를 거라 생각하면서. 누구라도 알아주길 바라는 마음을 경멸하면서. 그럴 때도 나무는 박수를 칩니다. 울고 있는 나를, 반짝반짝 햇살을 흩뿌리며, 환호하고 응원합니다. 그럼 나는 더 열심히 힘을 내서 울 수 있습니다.

겨울에는 박수를 받을 수 없으므로

겨우내 무언가를 미뤄뒀습니다.

나를 열렬히 싫어하는 힘으로 타인을 뜨겁게 좋아하던

더 사랑하기 위해 최선을 다해 미워하던

활짝 핀 꽃에는 무심했으나

라일락 향기에는 저절로 걸음이 멈추던

어느 봄의 이야기입니다.

기다리던 계절인가요.

실컷 울어도 좋겠습니다.

멀리서

박수를 보냅니다.

2014년 4월 16일. 서울 남가좌동의 원룸에 살았다. 아침에 일어나니 날이 좋았다. 청소를 하고 일인용 의자에 앉아 커피를 마시며 랩톱으로 웹서핑을 했다. 속보가 떴다. 배가 침몰하고 있으나 전원 구조했다는 뉴스.

전원 구조.

파란 바탕의 흰 글씨를 생생하게 기억한다. 그렇구나 생각하며 외출 준비를 했다.

연애를 갓 시작한 때였다. 그를 만나러 가기 위해 원피스를 꺼내 입었다. 일교차가 큰 봄날이어서 베이지색 외투도 챙겼다. 버스와 지하철을 갈아타고 고속버스 터미널로 갔다. 터미널 곳곳에 달린 텔레비전에서는 집에서 확인한 속보와는 전혀 다른 뉴스가 중계되고 있었다. 고속버스를 타고 천안으로 갔다. 버스 터미널 뒤편의 카페에서 그를 만났다. 그는 빨간색 바람막이 점퍼를 입고 캡모자를 쓴 채였다. 그를 보자마자 물었다. 뉴스 봤어? 우리는 마주앉아 각자의 휴대폰을 보고 또 봤다. 구할 수 있을 거라고 생각했다. 전문가들이 출동했으니까, 전 국민이 생중계로 보고 있으니까 이젠 구할 일만 남았다고 믿었다.

그날 하늘은 파랗고 높았다. 따뜻한 봄바람이 불었다. 연둣빛 작은 잎사귀가 햇살을 받아 반짝였다. 어째서 이렇게 생생하게 기억하는지 모르겠다. 그날 바람의 질감, 대기의 온도, 강의 윤슬, 터미널에서 서로를 껴안으며 반가워하던 사람들, 유아차를 밀며 강변을 걷던 사람들, 손을 잡고 횡단보도를 건너던 사람들, 반려견과 산책하던 사람들, 로드 숍을 가득 채운 사람들, 사람들, 사람들. 날씨가 정말 좋았다. 진도의 날씨도 그러하리라고, 구할 수 있을 거라고 믿었다. 이어지는 속보를 이해할 수 없었다.

나는 그날의 생명력만을 기억한다. 살아 있는 존재들. 따뜻한 봄날을 만끽하던 생명들. 죽음은 찾아볼 수 없었다. 아니, 내가 보지 못했다. 죽음은 드러나지 않았다.

뒤늦게 알았다. 해경은 배 안에서 구조를 기다리는 승객보다 그 배에 없는 사람들, 안전이나 구조를 걱정할 필요가 전혀 없는 청장님, 높으신 분들, VIP를 신경썼다. 배가 침몰한다는 소식을 듣고 달려온 어선이 있었다. 어부들은 침몰하는 배에서 탈출하는 사람이 너무 적은 상황을 의아하게 여기며 바다에 빠진 사람들을 구했다. 사람을 구하는 그들에게 해경은 퇴거 명령을 내렸다. 최초 신고자는 학생이었다. 승객을 갑판으로 대피시킬 시간은 충분했다. 아니, 애초에 무리하게 화물을 적재했다. 규정만 지켰더라도 침몰하지 않았을 것이다. 가만히 있으라는 반복되는 명령. 침몰하는 배를 전 국민이 지켜보고 있었다. 모두 보았고 아무도 이해하지 못했다.

『단 한 사람』 북토크 때 자주 받는 질문 중 하나.

그래서 금화는 어떻게 되었나요?

나는 대답한다.

"금화는 죽었습니다. 그러나 '죽었다'고 쓰고 싶지 않았어요. 금화와 목화와 목수가 산에 갔는데 갑자기 나무가 쓰러졌고 금화가 나무에 깔립니다. 목화는 도움을 청하러 산을 내려갑니다. 목화가 어른들과 함께 돌아왔을 때 금화는 사라지고 목

수가 나무에 깔려 있습니다. 말이 안 되는 이야기지요. 이해할 수 없는 상황이에요. 어떤 죽음은 그와 같습니다. 목격했지만 받아들일 수 없어요. 설명을 들어도 이해할 수 없습니다. 그게 말이 돼? 어떻게 그럴 수가 있어? 질문을 멈출 수 없습니다. 그 이유가 무엇이든, 사랑하는 사람의 죽음은 어떻게 생각해도 말이 안 됩니다. 일어났으나 일어날 수 없는 일이에요."

천국, 하늘나라, 천사, 영혼, 내세라는 단어를 발명하고 사용하는 사람들에게 감사하다. 영혼이란 단어는 정말 소중하다. 냉소적인 나는 영혼을 믿지 않는다. 회의적인 나는 내세가 없다고 생각한다. 그러나 나는 나와 싸울 수 있다. 냉소적이고 회의적인 나를 이기고 영혼과 내세를 믿는 사람으로 살아갈 수 있다. 전적으로 당신 때문이다. 나는 당신의 눈빛에서 영혼을 본다. 당신이 옆에 없을 때도 당신을 느낀다. 당신이 지켜보고 있다는 느낌으로 나를 보호할 수 있다. 우리가 이생에서 충분히 사랑하고 다음 생에서도 다시 만나길 바란다. 영원히 기억하고 싶은 것은 사랑하는 마음뿐.

사랑하는 마음.

2024년 4월. 진도 팽목항에 다녀왔다. 봄날이었다. 거리에는 흰 꽃잎이 흩날렸다. 2014년 4월 16일도 그랬을 것이다. 거리마다 흰 꽃잎이 흩날리고 노란 꽃이 피었을 것이다. 팽목항의 세월호 기억관은 컨테이너였다. 너무 작았다. 십 년이 지났는데도 '임시'의 느낌이었다. 기사를 검색해보니 그마저도 철거될 뻔했는데 유가족이 지켜냈다고 한다. 십 년 전부터 팽목항의 세월호 기억관은 '불법 시설물'이다. 단단한 재료로 지은, 비바람이 칠 때 더욱 강해 보이는 기억관을 팽목항에 어서 지어야 한다. 바다에서 육지로 올라온 299명을 위해서. 여전히 기다리는 5명을 위해서. 4월 16일을 잊을 수 없는 생존자들을 위해서. 바다를 바라보며 기다리던 사람들과 바다를 바라보며 기억하는 사람들을 위해서.

기억한다는 말은 힘이 세다. * 기억한다고 말하는 사람이 많을수록 거짓말은 힘을 잃는다. 삶이 이어지듯 죽음도 이어진

다. 우리는 죽음을 영원히 이어갈 수 있다. 기억하면, 잊지 않으면, 영혼을 떠올리면 사라질 수 없다. 노란 꽃이 피었네. 하늘이 참 맑구나. 저기 바다가 있네. 날씨가 참 따뜻해졌어. 수학여행을 왔구나. 몇 살이나 되었을까. 너도 기억하니. 나도 기억해. 우리는 무엇을 할 수 있을까. 사람들이 찾아온다. 바라본다. 기도한다. 쓴다. 아이가 말한다. 나는 그렇게 죽기 싫어. 아빠가 대답한다. 그런 일은 다시 일어나지 않을 거야. 그 말은 약속이다. 약속은 기억. 기억은 미래의 일. 영혼은 밀도가 없다. 영혼은 시공간을 차지하지 않고 깃든다. 과거처럼, 미래처럼, 기억처럼, 사랑처럼.

『단 한 사람』동네 책방 이벤트로 '금화의 편지'를 써서 독자들에게 나누어준 적이 있다. 그 편지를 이곳에 남긴다.

엄마, 나는 겁쟁이였잖아. 하지만 지금은 무엇도 무섭지 않아. 까만 밤 눈 내린 빼곡한 숲에 홀로 있어도 아무렇지 않아. 마음껏 나무를 보고 하늘을 보고, 하얗게 쌓인 눈 위에 누워서 천사의 날개를 만들고 눈사람을 만들고, 눈사람 하나하나마다 그리운 사람들 이름을 붙여주다 뒤를 돌아보면 어느새 봄의 들판이야. 이젠 무엇도 나를 해치지 않아. 그리고 나를 궁금해하지도 않지.

엄마, 나는 모든 꽃의 이름을 알아. 이름 없는 꽃에는 내가 이름을 지어주기도 했어. 쌍둥이가 어버이날에 엄마 아빠에게 카네이션 바구니를 선물할 때면 나도 거기 꽃 한 송이를 넣어두곤 했는데…… 엄마에게 이 말을 꼭 하고 싶었어. 쌍둥이 동생을 낳아줘서 고맙습니다. 쌍둥이가 없었다면 나는 정말 심심했을 거야. 훨씬 무서웠을 거야.

엄마, 기억해? 난 엄마 같은 사람이 되고 싶었어. 엄마는 내가 원하는 것을 모두 가진 사람. 그런 엄마가 거기 있어서 나도 엄마처럼 살아 있는 것만 같을 때가 있어.

엄마가 나룻배에 실어 보낸 운동화를 신고 더욱 긴 여행을 떠나볼까 해. 엄마가 내 이름을 부르면 나도 잠시 돌아서서 엄마를 바라볼게. 너무 멀어진다고 슬퍼하진 마. 우리가 서로를 잃지 않도록 별자리처럼 이정표를 남겨둘 테니.

엄마가 우는 건 싫으니까 꿈에는 나타나지 않을 거야.

장미수에겐 신복일이 있으니까 엄마 걱정도 그만할 거야.

외로운 내 마음을 껴안고 있던 엄마의 사랑을 기억할게.

언제나 사랑해 엄마.

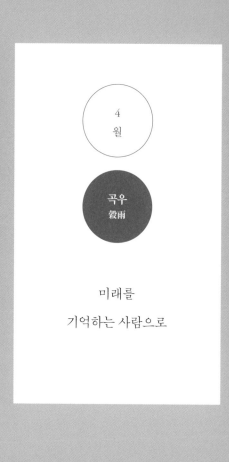

4
월

곡우
穀雨

미래를
기억하는 사람으로

○

우산이 없습니다.

비는 소리가 없고, 비에 닿은 무언가는 소리를 냅니다.
비는 향기가 없고, 비에 닿은 무언가는 향을 뿜습니다.
나는 없는데, 나에게 닿은 무언가는 나를 드러냅니다.

언젠가는 비밀을 털어놓을 생각이었어요.

당신이 있는 곳에 나는 있습니다.
당신이 없는 곳에 나는 있을까요.
당신이 혼자인 나를 본 적 있다면

어쩌면

나를 사랑할 수도 있었을까요.

저기, 물웅덩이 보이시나요.

고개를 들지 않아도 당신이 보입니다.

비 오는 날을 좋아합니다. 창밖을 오래도록 바라봅니다. 하늘에서 무언가가 내려온다는 것이 신기합니다. 구름 너머에는 무엇이 있어 저토록 아름다운 비를 내리나.

동요와 동화는 가르쳐줍니다. 죽은 사람들. 몸을 벗은 영혼들. 숨소리는 바람 소리. 노랫소리는 숲의 소리. 웃음소리는 파도소리. 울음소리는 들키지 않고, 울다가 웃으면 무지개가 뜹니다. 매일 다른 그림을 하늘에 그립니다. 비가 내리면 백지가 되고요. 그릴 수 있는 것은 무한합니다.

보고 계신가요.

혼자가 아닙니다.

봄비는 홀로 내리지 않고

저기, 물웅덩이 보이시나요.

고개를 들지 않아도 하늘이 보입니다.

혼자인 나는 존재합니까. 나의 팔을 쓸어봅니다. 걸어봅니다. 소리를 내봅니다. 당신이 내게 전화를 주면 좋겠어요. 내 이름을 부르고 잘 있는지 묻는다면 대답하겠습니다. 나를 확인하겠습니다. 우주의 나이는 백삼십팔억 년. 우주 배경 복사는 우주 전역에 균일하게 퍼져 있는 빅뱅의 흔적. 라디오를 켜면 그것을 들을 수 있습니다. 에드윈 허블은 우주가 팽창한다는 사실을 밝혀냈습니다. 지구에서 멀리 있는 천체일수록 더욱 빠른 속도로 멀어진다는 사실도요. 라디오를 켜고 밤하늘을 보세요. 모두 전력을 다해 멀어지고 있습니다.

그렇다면

더욱 늦은 속도로 멀어지도록

우리가 조금이나마 가까이 있으면 좋겠습니다.

비밀 이야기를 조금 더 해도 괜찮을까요.

이를테면 이런 이야기입니다.

우주에 오직 하나의 돌멩이만 존재한다면

그 돌멩이가 존재한다는 것을 어떻게 확인할 수 있겠습니까.

돌멩이가 낙하하더라도 상승하더라도 제자리를 맴돌더라도

팽창하는 우주에 그 돌멩이뿐이라면

당신이 그 하나라면

아무리 요동치더라도 우주에 오직 당신뿐이라면

무엇을 하시겠습니까.

비로소 신의 마음을 이해합니다.

외로웠을까요? 완전한 존재로서. 혼자로서.

아인슈타인은 보어에게 말합니다.

God does not play dice with the Universe(신은 우주를 가지고 주사위 놀이를 하지 않아).

보어는 아인슈타인에게 대답합니다.

Stop telling God what to do(신에게 이래라 저래라 하지 마세요).

아인슈타인은 파이스에게 질문합니다.

Is the moon there when nobody looks(아무도 보지 않을 때도 달은 거기 있나)?

혼자일 때 당신은 분명 거기 있습니까?

당신이 없으면 나는 없습니다.

물론 양자역학 이야기가 아닙니다.

팽창하는 우주에서 우리는 원자만큼 작은 존재겠지만.

저기, 물웅덩이 보이시나요.

고개를 들지 않아도 우산이 보입니다.

곡우穀雨,

봄비가 내려 곡식을 기름지게 하는 때.

이즈음 비가 오면 풍년이 든다고 하지요.

우산이 없습니다.

반가운 봄비를 맞이하러 가겠습니다.

십대 때는 비와 파란색에 집착했다.

　파란색 펜을 사 모았다. 파란색 한지로 포장한 바구니에 파란색 펜을 넣어두었다. 내 필통에는 파란색 펜이 없었다. 너무 좋아했기 때문에 사용하거나 들고 다닐 수 없었다. 다른 색과 섞어놓을 수도 없었다. 영화 〈세 가지 색: 블루〉와 〈그랑블루〉 엽서를 보이는 대로 사모았다. 똑같은 엽서를 수십 장 가지고 있었다. 당연히 엽서에 편지를 쓰진 않았다. 세뱃돈을 받아서 〈그랑블루〉 대형 패브릭 포스터를 샀다. 세로 길이가 이 미터는 됐을 것이다. 그것을 침대 맞은편에 걸어두고 매일 바라봤다. 영화 〈쇼생크 탈출〉의 주인공 앤디가 각종 포스터로 탈출구를 은폐하는 장면을 보고 나의 〈그랑블루〉 포스터를 떠올렸다. 앤디가 기나긴 밤 아주 작은 손도끼로 벽을 긁어내듯 나는 글을 썼다. 사람에게 털어놓을 수 없는 마음을 노트에 적었다. 손도끼를 성경책에 숨기듯 다 쓴 노트는 침대 매트리스 아래 숨겼다.

그 패브릭 포스터는 어디로 갔을까. 단 한 번도 사용하지 않았던 그 많은 파란색 펜은 어떻게 되었나. 내 손으로 버린 기억은 없다. 버리도록 내버려두었을 것이다. 한때 너무나 사랑해서 손도 대지 못하고 바라만 봤던 많은 것이 나도 모르게 사라져버렸다.

비가 내리는 이유는 과학 시간에 배웠을 테지만 배움과 상관없이 늘 신기했다. 하늘에서 빗방울이 떨어진다는 것 자체가 신비로웠다. 비가 오면 창밖을 계속 보고 있어야만 할 것 같았다. 내가 바라보지 않으면 비가 그칠 것만 같았다. 그렇지만 수업 시간에 창밖을 바라보고 있으면 야단을 맞았다. 그래서 들었다. 빗소리에 집중했다.

내가 듣고 있어. 그러니까 그치지 말아줘.

고등학교 3학년 때였을까. 폭우가 쏟아지던 오후였다. 몇몇 친구가 운동장으로 뛰어나가 비를 맞았다. 고개를 한껏 젖히고 두 팔을 벌린 채, 마치 〈쇼생크 탈출〉의 탈출 성공 장면처럼, 웃으며 소리 지르며 온몸으로 비를 맞았다. 나는 교실 창문

은 문장은 이 세계에 대한 명확한 정의이자 아름다운 비유다. 나에게 문학은 '정의'와 '비유'가 충돌 없이 조화로운 세계. 치우고 또 치워도 내 책상은 어질러질 수밖에 없다. 나는 시시각각 변하는 존재이므로 그 어떤 정의에도 딱 들어맞을 수 없다. 당신이 나를 바라보지 않을 때도 내가 존재함을 어떻게 증명할 수 있는가?

이런저런 책에서 봤는데, 고전역학은 거시적인 세계를, 양자역학은 미시적인 세계를 다룬다고 한다. 고전물리학은 물체(거대한 천체에서부터 사과처럼 작은 것까지)의 운동을 설명한다. 현대물리학은 시공간을 뒤틀어버리는 빛의 속도와 에너지를 설명한다. 양자역학은 가장 작은 입자의 세계를 설명한다. 세 개의 세계는 서로 충돌하지 않고 조화를 이룬다. 거시 세계와 미시 세계를 다루는 이론이 다르다는 것. 나는 그 사실이 좋다. 한 가지 이론으로 모든 세계를 설명할 수 없다는 것. 그 사실에 안도한다. 측정이 상태에 영향을 미친다거나 위치와 운동량을 동시에 정확하게 알 수는 없다는 이론은 나의 정서를 설명해준다. 양자역학 이론에는 미해결인 부분이 많지만 양자역학을 활용한 많은 것을 생활 곳곳에서 사용하고 있다는 사실은 마치 시를 읽을 때의 마음 같다. '이 시가 왜 좋은지, 이 시에서 이 단어가 뜻하는 바가 무엇인지 명확하게 설명할 수는 없지만 이 시를 읽으며 나는 위로를 받았다'라는 말과 다르지 않은 것 같다.

해석할 수 없는 시가 내 삶에 영향을 미친다. 심지어 반드시 필요하다. 빅뱅을 생각하면 시간의 발산이 떠오른다. 과거, 현재, 미래의 나는 드넓은 우주 공간에 공존할 수도 있다. 어떤 과거는 어둠 속에서 느닷없이 떠올라 현재의 나를 흔들어버린다. 먼 곳의 미래가 지금의 결정에 영향을 미친다. 현재의 나는 입자이자 파동이다. 당신이 나를 보는 방식이 나의 상태를 결정한다. 박사님들 보시기에는 저의 이런 생각들 정말 터무니없겠지요. 소설가들이 전부 저처럼 비약적이고 비과학적인 사고를 하진 않아요. 굉장히 냉철하고 똑똑하고 논리적인 소설가도 많습니다. 부디 너그럽게 생각해주세요.

연남동의 서점 '어쩌다 책방'에서 일일 직원을 한 적이 있다. 그때 책방을 찾은 손님들에게 주려고 손편지를 썼었다. 거기에도 양자역학 이야기가 아주 살짝 나온다. 그 편지의 전문을 이곳에 남긴다.

미지의 세계에 있을 당신에게

나는 평소에 내 방에서 글을 씁니다. 작업실이라고 부르
면 정말 제대로 열심히 작업을 해야 할 것만 같아서 그저
'내 방'이라고 부르고 있어요. 방에는 아홉 칸짜리 책장 하
나, 책을 쌓아두고 읽는 책상, 모니터를 올려두고 글을 쓰
는 책상, 글을 쓰는 동안 불을 밝혀두는 지구본이 있습니
다. 창문과 벽에는 각종 포스트잇이 붙어 있고요. 중요한
마감 일정과 글을 쓰다가 읽으면 도움이 될 것 같은 다양
한 문장을 적어두었습니다. 그 메모들 중 하나를 당신과
나누고 싶습니다.

"이제부터 우리는 전자가 '어디에' 있는지가 아니라 '어
떻게' 있는지에 주목할 거다. 즉 양자역학은 전자의 '위치'
가 아니라 '상태'를 기술한다."

김상욱 박사님의 『하늘과 바람과 별과 인간』 32쪽에 등

장하는 문장입니다.

네, 나는 물리학 책을 좋아합니다. 완벽하게 이해하면서 읽는 건 아니에요. 대부분 내용을 이해하지 못합니다. 그러나 세상의 많은 과학자들이 열심히 연구해서 알아낸 우주의 이치를 따라 읽다보면, 잘 알지도 못하면서, 어쩌면 잘 알지 못해서 아름답다는 생각이 절로 듭니다. 위로를 받습니다. 생각해보면 그렇지 않나요? 내가 이 삶을, 세상을, 당신을, 오늘 하루를, 몸담고 있는 시공간을 얼마나 이해하고 있겠습니까. 오십 퍼센트 아니 오 퍼센트는 이해하고 있을까요? 사실 나는 나 자신조차 이해할 수 없는 순간이 아주 많고…… 뭘 알아서 사는 게 아니라 모르니까 살아갈 수 있는 것 같아요.

나는 미래를 모릅니다. 그래서 미래를 꿈꾸고 있어요. 나는 언젠가 다음과 같은 문장을 썼습니다.

"오랫동안 꿈꾸면 기억이 됩니다. 기억이 된 미래는 마침내 나타납니다."*

그보다 훨씬 전에는 이런 문장도 썼었죠.

"기억이 나의 미래. 기억은 너. 너는 나의 미래."**

미래를 기억하는 사람으로 살아가고 싶습니다.

나는 당신을 모릅니다. 그래서 당신이 궁금합니다.

김상욱 박사님의 문장을 빌려 당신에게 내 마음을 전하고 싶어요.

나는 당신이 '어디에' 있는지가 아니라 '어떻게' 있는지에 주목합니다.

당신의 '위치'가 아니라 '상태'를 듣고 싶습니다.

잘 지내고 계신가요.

＊　최진영 외 5인, 『홈 스위트 홈―제46회 이상문학상 작품집』, 문학사상, 2022, 42쪽.
＊＊ 최진영, 『구의 증명』, 은행나무, 2023, 68쪽.

5
월

입하
立夏

귀순이,
사랑하는 나의 엄마

○

엄마.

엄마 이야기를 하고 싶습니다.

무슨 말부터 꺼내야 좋을지 모르겠군요.
다양한 감정이 뱅글뱅글 맴돌아 어지럽습니다.

사랑해서 원망한 적이 있어요.
치사하게도.
나는 어렸고,
엄마가 나를 사랑할 리 없다고 생각했으니까요.

2011년 2월의 어느 날 엄마와 나는 부산으로 여행을 갑니다.
엄마는 쉰여섯. 나는 서른하나.

산에서는 나보다 앞서 걷는 엄마가

도시에서는 나보다 느리게 걸어요.

몇 걸음 앞서 걷던 나는

뒤돌아서 기다리길 반복합니다.

그때 나의 등을 바라보며 원망했을까요,

엄마는

자꾸만 서둘러 지갑에서 카드를 꺼냅니다.

밀키스를 마시면 속이 편해지고요.

목적 없는 여행이 더 좋은 것 같다고 중얼거립니다.

나는 엄마를 너무 모릅니다.

엄마는 말합니다.

나도 단짝 친구가 있으면 좋겠다.

나는 대꾸합니다.

나도.

우리는 단짝 친구는 될 수 없습니다.

중앙동에서 버스를 타고 광안리로 가는 길,
엄마는 내 어깨에 기대어 잠시 졸다 깨어나고,
건너편에 앉아 있던 할머니가 엄마를 보며 말합니다.
젊은 여자가 참 곱고 예쁘네.
나는 다시 어린이가 되어 엄마의 등을 바라봅니다.

엄마와 나는 스물다섯 살 차이.

어린 나를 키우는 엄마는 너무 젊고 피곤하고 할일이 많습
니다. 그래서 언제나 나보다 앞서 걷지요. 엄마는 나에게 숫자
와 한글을 가르칩니다. 빨리 배우지 못한다고 야단치지는 않
아요. 시간이 흘러 나는 엄마에게 인터넷과 휴대폰 사용법을
가르칩니다. 엄마가 이해하지 못하면 화를 냅니다. 어째서 기
다리지 못했을까요. 우리 여행에 목적은 없고 늦더라도 나란
히 걸으면 더 좋을 텐데.

엄마에게 커피를 사주고 싶어서

엄마와 좀더 맛있는 밥을 먹고 싶어서
엄마보다 앞서 확인할 것이 있어서
나는 몇 번이나 엄마를 혼자 둡니다.

아니, 실은 엄마의 속도를 살피지 않아서.

돌아봤을 때 엄마는 없습니다.

걸어온 길을 되돌아갑니다.

한참을 걸어도 엄마는 없고

나는 후회합니다.

저 멀리 해변에 혼자 앉아 있네요.

광안리 바다를 한동안 바라보던 엄마는
천천히 일어나 파도에 떠밀려온 나뭇가지를 주워들고
파도로 곧 지워질 모래 위에 글씨를 씁니다.

다 쓰기도 전에 파도가 글씨를 지우고

엄마는 확인하듯 다시 씁니다.

문장이 완성되자 파도가 밀려옵니다.

어째서 엄마는 파도가 닿지 않는 너른 해변이 아닌
곧 지워질 그곳에 마음을 썼을까요.

입하立夏,
여름의 시작입니다.
산과 들이 푸르러지는 계절.
사람들은 청춘을 여름에 빗대곤 하지요.

엄마의 여름날은 언제인가요.

엄마는 열네 살 때부터 직물공장에서 주야간 교대로 일을
합니다. 엄마의 엄마는 아들을 사랑해서 딸에게 줄 사랑까지

아들에게 줍니다. 어린 엄마는 엄마에게 사랑을 배우지 못합니다. 그런데도 나에게 사랑을 주었으니 그것은 기적. 밤새 일한 엄마는 환한 낮에 커튼을 닫고 잠듭니다. 너무 오래 깨지 않는 엄마가 혹시 아픈 걸까봐 무섭습니다. 일부러 큰 소리를 내서 엄마를 깨웁니다.

드라마 〈걸어서 하늘까지〉 오프닝이 시작되면
엄마가 출근한다는 뜻.
환갑을 몇 년 앞두고 엄마는 나에게 물어봅니다.
내가 아직 젊은데 일을 그만해도 되는지 모르겠다.
나는 대답합니다.
엄마는 너무 어려서부터 일했으니까,
남들보다 앞서서 일한 셈이니까,
그때 놀지 못한 것을 지금부터 다 해보자.

언젠가부터 엄마는 나에게 화를 내지 않아요.
그래서 나는 가끔 서글프고

후회합니다.

우리는 단짝 친구는 될 수 없지만

젊은 엄마와 나이든 딸을
조금씩 배우고 있습니다.

산과 들은 푸르고 따뜻한 바람.
바다는 언제나 그곳에 있으므로

젊고 예쁜 엄마의 여름날입니다.

그때 엄마가 해변에 쓴 여섯 글자.

진 영 아 고 맙 다

귀순이는 육남매의 장녀. 귀순이의 엄마는 결혼 후 한동안 임신하지 못하다가 귀순이를 가졌다. 그래서 귀순이는 귀순이. 이후 태어난 그의 자매들 아명이 재남, 후남인 것에 비하면 정말 귀한 이름이다(귀순이네 육남매 중 여자들만 호적상 이름과 아명이 따로 있다). 귀순이를 비롯한 자매들은 초등교육만 받고 열네 살부터 공장에서 일했다. 남동생들은 고등교육까지 받았다. 귀순이의 부모는 장녀인 귀순이를 유독 엄하게 키웠다. 동생들의 모범이 되어야 한다고 생각했기 때문이다. 성인이 된 귀순이는 중매로 만난 남자를 두세 번 만나고 바로 결혼했다. 언니가 결혼하는 과정을 지켜보며 깨달은 바가 있었던 여동생들은 차례차례 가출했다. 부모의 뜻과는 달랐지만 귀순이는 정말로 동생들의 모범이 된 것이다. 귀순이는 결혼 후 서울에서 신혼생활을 시작했다. 1980년 1월에 아들을, 1981년 12월에 딸을 낳았다. 그 딸이 바로 나다.

귀순이, 사랑하는 나의 엄마.

나는 나의 고향이 경기도 시흥인 줄 알았다. 귀순이가 그렇게 말해줬기 때문이다. 대학 다닐 때였다. 동기에게 주민등록번호 뒷자리 숫자가 지닌 의미를 들었다. 뒷자리의 첫 숫자는 성별, 두번째 숫자는 태어난 지역을 나타낸다고 했다. 내 주민번호를 보고 동기는 말했다. 너도 서울 출생인데? 나는 경기도에서 태어났다고 대답했다. 친구는 아닐 거라고, 엄마에게 물어보라고 했다. 그래서 물어봤다. 전화기 너머에서 귀순이가 말했다.

그게 시흥인가, 안양인가. 그때 이사를 워낙 자주 다녀서 헷갈려.

그렇구나, 대답하고 말았다. 이후에도 누군가가 고향을 물어보면 다음처럼 대답했다.

태어나기는 경기도 어디쯤에서 태어났는데 어릴 때 이사를 워낙 자주 다녀서 딱히 고향은 없어요. 청소년기를 경북 영주에서 보냈고 본가가 거기여서 영주를 고향이라고 생각하고는 있어요.

나의 대답을 이상하게 생각하는 사람도 물론 있었다. 하지만 나는 고향 따위 별로 중요하지 않다고 생각했다. 얼마 전 유아 세례를 어디에서 받았는지 알아봐야 할 일이 있어서 관련 서류를 찾아보다가 마침내 고향을 알았다. 경기도 시흥이 아닌 서울 시흥이었다. 마흔 살에야 고향을 찾았다. 하지만 이후에도 누군가가 고향을 물어보면 여전히 경상북도 영주시 풍기읍이라고 대답한다. 나를 낳은 엄마가 거기 있기 때문이다.

새벽에 배가 아파서 병원까지 겨우 갔어.
컴컴한 병원 문을 두드려서 열어달라 청하고 너를 낳았지.
너는 낯가림이 심해서 다른 사람이 쳐다만 봐도 울었어.
엄마한테만 붙어 있으려고 해서 너무 힘들었어.

엄마 아니면 그 무엇도 아니라고 울던 아이는 아무리 울어봤자 아무 일도 일어나지 않아서 외로운 청소년으로 자라 어른이 되기 싫은 스무 살부터 서울 생활을 시작했다. 대학 다닐 때, 곧 엄마 생일이니까 주말에 집에 가겠다고 말했더니 엄마는 차비 아까우니까 오지 말라고 했다. 나는 겨우 그런 말에 상처받는 사람이었고 고작 그런 사람이어서 밤마다 글을 썼다. 엄마가 나를 억지로 키운다고, 나는 엄마의 귀찮은 짐이라고 생각한 적이 있다. 내가 사라지면 엄마가 좋아할 거라고, 엄마는 나보다 돈을 더 좋아한다고 믿었던 적이 있다. 몰래 나쁜 짓을 하다가도 엄마가 모든 걸 알아채고 나를 완전히, 완벽하게 버리면 좋겠다고 생각한 적이 있다. 나는 엄마에게 거짓말을 제일 많이 했다. 아무한테나 말할 수 있지만 엄마에게만은 절대 털어놓을 수 없는 비밀이 있다. 누구에게도 말할 수 없지만 언젠가 엄마에게만큼은 꼭 말하고 싶은 비밀도 있다.

나의 중심에는 폭발하기 직전의 용암 같은 사랑이 있다. 그 사랑은 엄마 품에 안겨서도 엄마를 찾으며 엄마에게 들러붙던, 엄마가 나 때문에 힘들어서 울어야만 그게 바로 진짜 사랑이라고 믿었던 아기 최진영의 마음에서 처음 생겼다. 그리고 1990년대의 밤, 야근하러 간 엄마를 기다리던 어린이 최진영의 마음에서 서서히 데워졌다. 청소년 최진영은 엄마를 믿지

않으면서도 속이려고 애썼다. 엄마에게만은 사랑을 드러내지
않았다. 엄마 아닌 다른 사람을 사랑했고, 그 사랑이 진짜라고
믿었다. 여태 엄마를 찾고 기다리고 원하고 걱정하는 그 모든
마음을 가짜로 만들었다.

어느 날 나는 귀순이에게 종이를 들이밀며 말했다.
엄마, 여기에 나무랑 집이랑 사람을 그려봐.
심리학 수업에서 HTP검사를 배웠기 때문이다. 귀순이는
당황하며 대답했다.
나는 그림을 그릴 줄 몰라.
그림을 왜 못 그려. 애들도 다 그리는데. 여기에 나무랑 집이
랑……
나는 그림을 그려본 적 없어.
그 말이 진심이란 걸 귀순이의 표정이 보여주고 있었다. 그
제야 나는 제대로 깨달았다. 열네 살부터 공장에서 주야간 교
대로 일해온 삶의 진짜 의미를. 이전까지 내가 '안다'고 믿었던
귀순이의 삶은 그저 전해 들은 이야기에 불과했다. 안다고, 많
이 들었다고 생각할 뿐 제대로 상상해본 적 없는 타인의 이야
기. 1950년대에 태어난 여자아이에게 자기 몫의 도화지나 크

레파스가 있었을까? 연필조차 없었을지도 모른다. 귀순이는 그림을 그려본 적 없다. 아무도 귀순이에게 너의 그림을 보고 싶다고 청한 적 없다. 그런데 어느 날 다 큰 딸이 느닷없이 종이를 들이밀며 나무를 그려보라고 한 것이다. 그 무렵 귀순이는 갱년기였고 나는 기나긴 사춘기의 마지막 터널을 통과하고 있었다. 청소년 때는 눈치를 보느라 표출하지 못했던 반항심을 이십대 초중반에야 함부로 마음껏 드러냈다. 엄마는 더이상 나의 보호자가 아니니까. 엄마는 나를 버릴 수조차 없을 테니까.

그 시기의 나는 과시하듯 물을 엎지르는 사람 같았다. 이미 엎질렀으니 뭐 어쩔 셈이냐 따져 묻는 눈빛. 귀순이와 나는 사사건건 부딪혔다. 나는 청소년 때 못한 말을 하면서 울었다. 엄마는 나를 사랑하지도 않잖아! 귀순이는 사랑이란 말을 처음 들은 사람과 같은 표정을 지었다. 사랑의 의미에 대해 심사숙고하던 귀순이 얼굴.

'너는 나를 사랑하지도 않잖아'라는 말 앞에는
누구나 알 수 있는 생략이 있다.

'나는 너를 사랑하는데.'

그러니까 그건 귀순이에게 건넨

내 인생 최초의 직접적이고도 포악한 사랑 고백이었다.

모두 지난 일이다. 요즘은 사랑한다는 말, 미안하다는 말, 고맙다는 말을 엄마도 나도 잘한다. 나이가 들었기 때문이다. 나는 여전히 낯가림이 심해서 오랜만에 엄마를 만나면 낯을 가린다. 무슨 말부터 건네야 할지 몰라서 어색해한다. 하지만 하룻밤만 같이 지내면 편안해진다. 그러다 헤어지는 순간이 오면 "엄마 나 갔다올게" 말하면서 엄마와 포옹한다. 그렇다. 우리는 이제 포옹도 한다. 헤어질 때 포옹하고 등을 다독이며 사랑을 전하는 방식을 내가 몇 해 동안 꾸준히 엄마에게 시도했기 때문이다. 병원에서 울지 않았으니 기특하다며 바나나맛 우유를 사주고, 학교 가기 싫어서 꾀병을 부리면 속아주고, 눈밭에서 뛰어놀다 양말이 젖으면 갈아 신기고, 야근을 하다가 쉬는 시간이 되면 바삐 집으로 걸어가 어른 없는 집에서 남매가 잘 있는지 확인한 다음 다시 밤길을 걸어 공장으로 돌아가던, 젊은 엄마가 어린 최진영에게 시도하고 보여줬던 숱한 사랑의 방식처럼.

나의 중심에는 폭발하기 직전의 용암 같은 사랑이 있다. 내 생애 최초로 생겨난 사랑이기에 가장 밑바닥에 가라앉아 있고 순진하며 무겁다. 그 사랑이 너무 깜깜해 때로는 모든 걸 엄마 탓으로 돌렸다. 감당하기 버거워서 사랑일 리 없다고 부정했다. 그 마음만 없앨 수가 없어서 나를 없애려고 했었다. 하지만 그것은 나의 무게중심. 그 사랑이 가장 아래에 단단하게 있어서 쓰러졌다가도 일어났다. 나에게도 버티는 힘이 있다면 그건 엄마가 내게 먼저 보여준 힘. 나의 사랑이 폭발한다면 바닥부터 솟구칠 것이다. 엄마를 사랑하는 마음은 가장 늦게 드러나 제일 오래 흐를 것이다. 살면서 사랑을 부지런히 모았다. 지금 내겐 사랑이 있다. 이제 엄마는 나를 사랑하지 않아도 된다. 이젠 내가 엄마를 사랑할 수 있다.

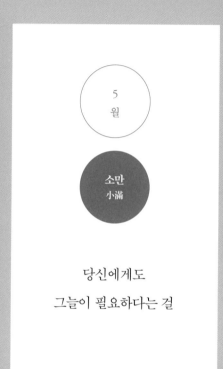

5
월

소만
小滿

당신에게도
그늘이 필요하다는 걸

○

소만小滿,

'햇볕이 풍부하고 만물이 점차 생장하여

가득찬다'는 뜻이라고 합니다.

노란 꽃무리처럼

가만 들여다볼수록 아름다운 뜻.

여름의 문턱입니다.

잘 지내고 계신가요.

일곱 살 때였어요. 엄마가 두부 심부름을 시킵니다. 슈퍼에

가서 두부를 달라고 했지요. 아주머니는 비닐봉지에 두부를

담아줍니다. 집으로 돌아오는 길, 나도 모르게 비닐봉지에 담

긴 두부를 조물조물 만집니다. 촉감이 좋았거든요. 비닐봉지

를 건네자 엄마가 묻습니다. 두부가 왜 이 모양이야? 나는 태연히 대답합니다. 오다가 넘어졌어.

기억 속 최초의 거짓말.

거짓말을 들킬까 거세게 뛰던 심장이 지금도 선명합니다.

거짓말의 주머니를 차곡차곡 채우면서 어른이 되었습니다. 주머니를 살짝 열어보니 이런 말들이 있네요. 배 아파. 내가 안 그랬어. 몰랐어요. 다 했어요. 진짜예요. 앞으로 안 그럴게요. 못 봤어요. 못 들었어요. 그날 약속이 있어요. 죄송해요. 고마워요. 응, 괜찮아. 그럼, 먹었지. 별일 아니야. 기억 안 나. 친구 집에서 자고 갈게요.

거짓말의 핵심은 상상력에 있다고 나는 믿어요.

외로움의 주머니엔 무엇이 들어 있나 열어볼까요.

"거짓말 아니야. 난 정말 여기가 좋아. 이 정도면 충분해." —

「겨울방학」

"나라도 이러지 않으면 너랑 난 아무것도 아닌 게 되잖아!"
—「첫사랑」

"서로의 한쪽만을 보면서 서서히 멀어지는 거지." —「가족」

"더는 욕심낼 수 없다는 것을 잘 알고 있었다." —「의자」

"마침내 나도 내게 질려버렸다." —「囚」

"출근하는 사람들 틈에 뒤섞여 힘겹게 집으로 돌아오자마자
조는 옷장 속에 숨어버렸다. 혼자 사는 좁은 방마저 너무 크게
느껴져서." —「오늘의 커피」

골짜기처럼 깊은 외로움의 주머니는
나를 유지하는 척추 같은 것.

기꺼이 혼자입니다.

여기, 묵직한 주머니가 있습니다.
열어보니 다음과 같은 혼잣말이 있네요.

좋은 사람이 되고 싶어. 다정해질 거야. 담대하게.

기대하지 마. 포기해.

도망가.

할 수 없다고 말하자.

이해하자. 이해를 바라지 말자.

애써 설명하지 마. 시도해. 대화를.

잘못했습니다.

용서하자.

인정하자.

잊자.

주머니의 이름은 실패입니다.

매일 실패하고 더 많은 실패를 모아야만 합니다.

왜냐하면 실패의 뒷모습은 노력이므로.

노력하겠습니다.

미움의 주머니는 아주 많이 아픈 날 열어보겠어요.

미워하는 힘으로 일어나 더 멀리 나아갈 수 있도록.

사랑의 주머니는 꺼낼 수 없습니다.

그것은 나의 심장.

외로움과 슬픔, 기대와 실망, 노력과 실패,

기도와 뉘우침마다 사사건건 끼어드는 참견꾼.

잠시도 멈추지 않는 시간 같은 것.

작을 소小 찰 만滿.

나를 가득 채우는 작은 것들을 말하고 싶었어요.

햇볕으로 키운 외로움과 거짓말, 실패와 노력, 미움과 사랑,

그리고

당신 없는 곳에서도 당신을 상상하는 힘으로 살아가는

내가 여기 있다고.

나는 거짓말을 잘하는 편인가?

그건 나보다 당신이 더 잘 알 것이다.

바꿔 말하자면, 나는 당신의 거짓말을 잘 알아채는 사람. 그러나 당신이 애써 감추는 것까지 알고 싶진 않다. 당신이 보여주는 것, 말하는 것만을 알고 싶다. 당신이 내게 건네고픈 그것만이라도 제대로 알고 싶다. 그 너머까지 상상하고 싶진 않아. 당신 마음을 짐작하는 건 무척 외로운 일. 그래서 때로는 애틋한 일.

나와 눈이 마주쳤을 때 웃음을 보인 뒤 당신 얼굴에 곧장 그늘이 지면, 당신도 애쓰고 있구나, 생각한다. 억지웃음을 짓는 수고까지는 하지 않게끔 당신을 바라보지 말아야겠다, 다짐한다. 하지만 어쩐지 마음이 쓰여서 곁눈질로 조금씩 살피다보면 아주 가끔은 당신이 혼자여서 짓는 진짜 미소를 볼 때가 있다. 당신이 내내 웃는 사람이었다면 아마 나는 몰랐겠지. 당신에게도 그늘이 필요하다는 걸.

당신이 근사한 김치찌개를 끓여주었네. 환상적인 달걀말이도 정말 예쁘다. 밥상에 차려놓은 뜨거운 음식을 보며 나는 상상한다. 불 앞에서 땀을 흘리며 요리했을 당신을. 뭉근하게 끓인 김치찌개와 포슬포슬한 달걀말이와 서리태를 넣은 잡곡밥은 한끼 식사이기 전에 나를 생각하는 당신의 마음. 맛있는 사랑을 감사히 잘 먹겠습니다.

어제 당신이 말했지. 나는 네가 혼자 있으면 무서워. 그리고 언젠가 당신은 말했어. 나는 네가 어떻게 될까봐 무서워. 그리고 또 당신은 말했지. 그러면 위험하다고 몇 번을 말해. 그렇게 말할 때의 당신 표정을 잊지 않고 챙겨두었다가 오늘 밤 곰곰의 바늘로 꿰어서 이어봤더니 이제야 알겠다. 당신은 무서우면 화를 내는 사람. 그렇다는 걸 알아챘으니 다음부터 당신이 화를 내면 무서워하고 있구나, 생각할 수도 있을 거야.

당신이 평소에 자주 하는 말도 많이 모아두었어.

더 자도 돼. 밥 먹고 해. 물 좀 마셔. 늦어도 돼. 다 할 필요 없어. 천천히, 천천히. 그냥 둬, 내가 할게. 내가 한다고 했잖아. 미끄러우니까 조심해. 뒤로 물러나. 신발이 다 젖었잖아. 난 괜찮아. 신경쓰지 마. 정말 괜찮다니까. 턱을 당기는 게 아니라 가슴을 펴는 거야. 그래도 돼. 그렇게까지 생각할 건 없어. 안 추워? 안 더워? 괘씸한 모기 자식 같으니라고. 밥 먹었어? 잘 잤어? 별일 없어?

언젠가 북토크에서 질문받은 적 있지. '사랑'이란 단어가 사라진다면 그 마음을 어떻게 표현하겠느냐고. 당신의 말들을 모아두고 보니 문득 그 질문이 떠오르네.

다음은 내가 굳이 상상하고 싶지 않은 당신.
당신이 보여주지 않으면 영영 알고 싶지 않은 것들.

내가 지겨울 때도 있겠지.
나의 말투나 행동이 마음에 안 들 거야. 때로는 견딜 수 없어 짜증이 치솟을 테고.
나를 이기적인 사람이라고 생각할 수도 있어. 결국 자기 좋은 대로만 생각한다고.

나를 가식적인 사람이라고 생각할 수도 있겠다. 입바른 소리는 잘도 한다고.

나를 한심하게 여길 수도 있을 거야. 속엣말로 나를 비난하고 흉보기도 하겠지.

나를 부끄럽게 여길 수도 있어.

그럴 땐 나를 모른 척하고 싶을 거야.

참고 참다가 화를 낼 거야. 그런데도 나는 나에게 화를 냈다는 사실만을 기억하겠지.

나를 원망할 거야. 내 탓을 할 거야. 나를 만나지 않았다면 어땠을까 상상할 거야. 또는 그때 나와 헤어졌더라면 어땠을까.

때로 내가 골탕을 먹으면 혼자 좋아서 웃을지도 몰라. 그것 참 고소하다 생각하면서.

'코끼리를 생각하지 마!'처럼 쓰면서 상상해버렸는데…… 막상 어떤 부분은 실망스럽기보다 귀여워서 당황스럽다.

당신은 오이를 싫어하니까 당신의 냉면 그릇에서 오이를 골라서 재빨리 먹어치우는 내가 좋아. 나는 에어컨 냉기를 싫어하니까 열대야에도 선풍기 앞에 앉아 땀을 뻘뻘 흘리는 당신이 좋아. 당신은 계획이 틀어지는 걸 싫어하니까 당신의 계획에 맞춰 종종걸음 하는 내가 좋아. 나는 무례한 사람을 싫어하니까 나보다 앞서 무례한 사람을 흉보는 당신이 좋아. 우리가 서로의 마음을 상상하고 먼저 말하거나 행동할 때가 좋아.

당신에게 사랑은 뭘까.

당신은 언제 어떻게 나의 사랑을 체험할까.

나는 영영 그것을 모르고 싶다. 그것만은 상상하거나 짐작하고 싶지 않아. 그러나 당신의 사랑이 다하는 순간은 누구보다 먼저 알아채고 싶다. 주위 사람은 다 아는데 나만 모르도록 두지 않길. 그래도 사랑일 거라는 헛된 착각 속에서 살게 하진 말아줘.

그런 의미에서 복습 문제를 풀어보자.

Q. 다음 중 거짓말이 아닌 것은? (복수 정답 가능)

어떤 이의 뒷모습을 보고 더는 나를 사랑하지 않는구나, 깨달은 적이 있다.

어떤 이의 비난과 조롱을 사랑인 줄 알고 받아먹은 적이 있다. 비웃음을 그릇된 사랑 표현이라고 생각하려 애썼다. 그때 나는 다만 외로웠던 것 같다.

헤어질 줄 알면서도 오해와 착각을 바로잡지 않았다. 상대가 자신을 탓하고 과거를 부정하고 나를 증오하도록 내버려두었다. 그때 나는 사랑이 너무 지긋지긋했다.

헤어져야 한다고 생각하면서도 헤어지자는 말을 끝내 꺼내지 못했다. 사랑 없는 이별이라도 그 과정은 힘드니까. 나는 이별조차 귀찮았던 것 같다.

서로가 진심이 아니란 걸 알아서 더 가볍게 사랑한다고 말할 수 있었다. 네 사랑이 가짜란 걸 알아. 네가 지금 초조하고 불안한 상태란 걸 알아. 너에게도 내가 그렇게 보인다는 걸 알아. 그런데 왜 그렇게 사는지는 정말 알 수 없던 날들.

사랑을 이용한 적이 있다. 사랑하지도 않으면서 사랑한다 말하고 사랑을 요구하고 마음을 짓밟으며 사랑을 세상 가장 비루한 감정으로 만들기 위해 최선을 다했다. 그때 나는 나를 훼손하고 싶었다. 사랑 같은 거 더는 시도하지도 못할 만큼 최선을 다해서 망가뜨리고 싶었다.

　사랑하지도 않으면서 떠나지 말아달라고 울며 사정한 적이 있다. 남겨지는 사람이 되긴 싫었다. 그러나 이제는 감사해. 그때 나를 떠난 당신에게. 그리고 다시금 감사해. 그때 혼자를 견뎠던 나에게.

6
월

망종
芒種

나는 나에게
필요한 문장

○

어느새 6월,

일 년의 절반을 살았습니다.

'시작이 반'이란 말을 좋아합니다.

이제 시작인데 벌써 절반입니다.

잘 지내고 계신가요.

망종芒種,

곡식의 종자를 뿌리기에 적당하고

모내기와 보리 베기에 알맞은 때.

망종까지는 보리를 모두 베어야

빈터에 벼도 심고 밭갈이도 할 수 있기에

일 년 중 지금이 가장 바쁜 시기라고 합니다.

나만 바쁜 게 아니었군요.

내가 게을러 일이 쌓여 있는 것만은 아니었어요.

베어내고 거둔 뒤 씨앗을 뿌리며 다시 시작하는 6월.

절반의 시간을 생각합니다.

살아온 날만큼 살아갈 수 있을까요. 절반을 살았다고 말해
도 될까요. 종이를 반으로 접듯 인생을 반듯하게 접어봅니다.
스무 살의 나와 마흔 살의 내가 만납니다. 반으로 접은 인생을
다시 반으로 접어봅니다. 열 살의 나와 서른 살의 나도 한자리
에 모입니다. 그렇게 계속 접다보면 나는 점점 작아지고 인생
의 모든 순간은 한 점에서 만나겠지요. 죽음이란 어쩌면 그런
것일까요.

열 살의 나는 첫영성체를 위해 기도문을 외웁니다. 처음과
같이 이제와 항상 영원히 아멘.
서른 살의 나에게 의사 선생님은 말합니다. 속이 텅 빈 커다

란 혹이 있네요.

열아홉 살의 나는 집을 떠나기 전 비디오테이프 재생 방법을 종이에 씁니다. 엄마에게 필요할 것 같아서요.

스물여섯 살의 나는 자전거를 타고 가다 트럭에 부딪혀 붕날아갑니다. 며칠 동안 기억이 사라집니다.

마흔일곱 살의 나는 드디어 바다 수영을 할 수 있어요. 파도를 타고 멀리까지 나아가다 하늘을 바라보면, 그곳에서 여전히 빛나는 오늘.

쉰아홉 살의 나는 산책중입니다. 길을 걷다 죽은 새를 보면 이젠 흙으로 덮어줄 수 있습니다.

언제나 사랑하는 사람들을 위해 기도합니다.
처음과 같이 이제와 항상 영원히 그렇습니다.

기억과 기억 사이 빈터가 있습니다.
심지 못한 씨앗과 서툴게 베어낸 꿈이
여기저기 흩어져 있어요.

씨앗을 심으면 잘 보살펴야 하니까

무심한 척 버렸습니다.

꿈을 꾸면 이루고 싶을 테니까

자라기도 전에 베어버렸습니다.

시작하면 끝이 있으므로

사랑한다고 말하지 않았습니다.

하지 못한 일들,

그리고

하지 못했기에 한 일들이 있습니다.

그때 씨앗을 버려서 그 자리에 무언가 자랐습니다.

그때 꿈을 베어내서 지금 소설을 씁니다.

그때 사랑한다고 말하지 않아서

사랑이 아니란 걸 깨달았습니다.

절반이 빈터에 있습니다.

비었다는 건 있었다는 것.

하지 않았기에 할 수 있는 일들이 여기 있어요.

이제 절반을 썼습니다.

나는 그만큼 비어버렸고

가끔은 울고 싶지만

눈물은 나지 않아요.

빈터를 돌아봅니다.

있었던 것들을 생각합니다.

그곳에 곧 반딧불이가 나타날 거예요.

반딧불이의 빛은 열이 거의 없는 냉광cold light

차가운 빛이 여름밤을 밝히겠지요.

다시 시작하기 좋은 시간입니다.

『쓰게 될 것』 초판에는 '최진영 사전'이란 엽서가 들어 있다. 수록작 「ㅊㅅㄹ」의 '윤서진 사전'을 생각하며 쓴 짧은 글이다. 책이 발간되자마자 구매하는 독자들에게 특별한 선물을 하고 싶어서 즉흥적으로 떠올린 아이디어였는데, 사전을 쓰면서 소설을 쓸 때와는 또다른 자유로움을 느꼈다. 다음은 '최진영 사전'의 전문.

소설 (명사) 나를 살리는 일. 마법과 자유.

쓰다 (동사) 감정과 생각을 글자로 표현하다. 짐작과는 다른 것이 나타나다. 나에게 가장 필요하다.

산책하다 (동사) 가는 길에 나를 버리고 돌아오며 다시 채우다.

야구 (명사) 모르고 보면 재미있고 알고 보면 화가 나는 스포츠.

과거 (명사) 뒤늦은 해석. 스승. 먼 미래.

현재 (명사) 영영 알 수 없는 때. 그러므로 영원.

미래 (명사) 약속. 과거의 총합. open ended.

삶 (명사) 바로 지금.

죽음 (명사) 육체를 벗고 자유를 얻음. 우주의 비밀을 알게 되는 순간.

사랑하다 (동사) 당신의 슬픔과 고통을 나에게 주세요. 홈 스위트 홈. 언제나 가장 잘하고 싶은 것.

즉흥적으로 쓰는 와중에도 소설을 가장 처음에, 사랑하다를 가장 나중에 두는 나의 마음을 돌아본다. 나는 소설을 사랑한다. 나를 살리는 일을 언제나 잘하고 싶다.

시작하려는 모든 글은 새로운 글이며 쓰고자 하는 나에게도 낯선 글이다. 사는 동안 수많은 처음을 경험했고 대부분 잊었다. 태어나서 처음 본 것은 무엇일까? 처음 한 말은? 처음 본 글자는? 처음 읽은 책은? 처음 한글을 배운 기억은 어렴풋이 남아 있다. 초등학교에 입학한 다음에 글자와 산수를 배웠다. 매일 받아쓰기 시험을 쳤고 많은 문제를 틀렸다. 자리에서 일어나 소리 내어 교과서를 읽어야 했고 자주 더듬거렸다. 그러다 마침내 한글을 익혔다. 글로 나의 생각과 감정을 표현하며 타인을 만나는 세계로 들어섰다. 책을 읽고 글을 쓰는 사람이 된 것이다. 가끔 완전히 새로운 일을 맞닥뜨려 기초부터 차근차근 배워야만 할 때, 도저히 할 수 없을 것 같다는 상심이 먼저 들 때면 여덟 살 최진영 어린이를 생각한다. 한글 앞에서 막막해하던 어린이가 마침내 자음과 모음을 외우고 한글의 원리를 깨우쳐서 자유롭게 읽고 쓸 수 있게 된 과정을. 한편으로는 삼십 년 넘게 매일 한글을 쓰면서도 아직까지 맞춤법을 자주 틀린다는 사실을 상기한다.

열한 살 때 교내 백일장에서 처음 상을 받았다. 그때 받은 상장이 남아 있어 '받았었구나' 짐작할 뿐 어떤 글을 썼는지 기억에 없다. 이후에도 이런저런 백일장에서 가끔 상을 받았지만 스스로 글을 잘 쓴다고 여기진 않았다. 상을 못 받을 때가 훨씬 많았으니까. 상을 자주 받았더라도 '나는 글을 잘 쓴다'고 생각하진 못했을 것이다. 오히려 최선을 다해 나를 깎아내리면서 곧 커다란 불행이 닥칠 것처럼 불안해했겠지. 어쩌다 나는 자기비하가 심한 사람이 되었나, 골똘하게 생각하던 시절이 있었다. 어느 정도 답을 구한 뒤 질문의 방향을 조금 바꾸었다. 자기비하가 심한 나의 성격은 글쓰기에 어떤 영향을 미치는가.

고등학생 때는 매일 밤 일기를 썼다. 새벽 두시까지 꾸벅꾸벅 졸면서 무언가를 쓰다가 책상에 엎드린 채 잠든 적도 많다. 졸면서 쓴 일기는 글자를 거의 알아볼 수 없었지만 상관없었다. 다시 읽으려고 쓴 글이 아니니까. 오직 배설하고 토로하기 위해, 들끓어오르고 폭발할 것만 같은 감정을 덜어내거나 잠재우려고 썼다. 그렇게라도 쏟아내지 않으면 자해하거나 가출하거나 미쳐버릴 것 같았다.

일기에는 주로 다음과 같은 문장을 썼을 것이다. "나는 너무 형편없고 한심하고 쓸모없고 세상은 내가 없으면 완벽해질 것이고 왜 태어났는지 모르겠고 사람들은 나를 싫어하고 나는 아무것도 될 수 없을 것이며 너를 좋아할수록 내가 더 싫고 내가 너무 지겨워서 죽고 싶다. 내가 완전히 사라져버리면 좋겠다." 내가 나를 하찮게 여기면 타인에게 상처받지 않을 거라고 생각했던 걸까? 그러나 내가 쓴 문장은 가장 먼저 나에게 상처를 남겼다. 어쩌면 경중의 우울증이었을지도 모를 청소년기의 그 정서는 내 안에 완전히 자리를 잡아 이제는 지지대 역할을 하고 있다. 어떤 우울은 고독과 고립에서 상상을 찾는다. 어떤 허무는 낙관으로 비약한다. 나를 열렬히 싫어하는 에너지는 무언가를 뜨겁게 사랑하는 힘으로 치환되기도 한다. 나는 여전히 그 힘으로 살아가고 있다.

　대학에 입학한 뒤에는 친구를 사귀는 대신 도서관에서 책을 읽었다. 다양한 분야의 책을 끌리는 대로 빌려 읽다가 소설에 빠져들었다. 소설에서는 꿈이 없는 사람, 실패하는 사람, 비겁하고 소심한 사람, 외로운 사람, 가난한 사람, 잘못하는 사람, 걱정 많은 사람, 그러니까 나처럼 평범한 사람이 등장해서 좋았다. 대학을 졸업하고 학원 강사 일을 했다. 낮에는 중학생에게 국어를 가르치고 밤에는 글을 썼다. 밤마다 무언가를 읽거나 쓰는 생활의 큰 틀은 유지했지만 달라진 부분도 있었다. 나의 문장을 '소설'이라는 그릇에 담아보기로 결심했다는 것. 소설을 쓰려면 커피와 랩톱과 혼자만의 시간과 소설을 쓰겠다는 마음이 필요했다. 정말 그뿐이었다. 비싼 도구나 특정한 공간, 경력자의 교습이 필요했다면 아마 시도하지 못했을 것이다.

　이전처럼 감정을 쏟아내고 다시 읽지 않는 글은 그만 쓰고 싶었다. 나의 감정을 전달하기에 적당한 인물과 사건을 상상하고 문장으로 쓰는 연습을 시작했다. 그리고 내가 쓴 글을 다시 읽었다. 고치고 다듬었다. 그러자 신기한 일이 일어났다. 문장을 오래 바라보고 다듬을수록, 이전에는 나에게 상처만 남겼던 거친 문장이 나를 위로하는 것 같았다. 나도 몰랐던 내 마음에 다가가는 것 같았다. 듣고 싶은 말, 할 수 없는 말, 누구라도 알아주길 바라는 마음, 꺼내보기 두려워 묻어두었던 감정이 문장으로 나타나 나를 바라봤다. 나는 나에게 필요한 문장을 소설에 담기 시작했다. 소설을 쓰는 시간은 온전히 나로 존재하면서 나를 돌아보는 시간이었다. 열일곱 살부터 밤마다 맹목적으로 무언가를 썼던 이유를 뒤늦게 깨달았다. 살고 싶었던 것이다.

쓰고 고치는 밤을 보내며 단편소설 서너 편을 완성했다. 내가 쓴 것을 다른 사람도 소설이라고 생각할까 궁금했다. 2006년 실천문학 신인상에 응모작을 보내고도 기대하지 않았다. 낯선 번호로 여러 번 전화가 왔지만 당선과 연관지어 생각 못했다. 내가 계속 전화를 받지 않아서, 당시 심사위원이었던 전성태 선생님은 당선 소식을 음성 메시지로 남길 수밖에 없었다. 그

메시지를 들으며 나는 무언가 잘못되었다고 느꼈다. 내 손으로 응모했으면서도 '아직은 당선될 때가 아닌데'라는 모순적인 생각을 먼저 했다. 2010년 한겨레문학상을 받았을 때도 그랬다. 삼 년 연속 응모했고 마지막 시도라는 생각으로 쓴 소설이었다. 그런데도 당선 소식을 듣자마자 '아직은 아닌데'라고 생각했다. 마음껏 기뻐하기보다는 불길한 소식을 들은 사람처럼 근심에 빠졌다. 대체 응모는 왜 한 걸까? 이후에도 몇 차례 뜻밖의 수상 소식을 들었고 내 반응은 마찬가지였다. 무언가 크게 잘못되었다고, 나는 자격이 없다는 생각부터 했다.

이제는 그렇게 생각하는 이유를 안다. 여전히 나를 형편없는 사람이라고 생각하는 것이다. 나는 쓸모없고 비겁하다. 나는 도망치거나 숨는 사람이고, 아무것도 할 수 없는 사람이고, 이따금 인정받는 이유는 운이 좋기 때문이다. 칭찬을 들을 때마다 사람들을 속이고 있는 것만 같아서 죄책감에 빠진다. 형편없는 사람이니까 형편없는 소설을 쓸 수밖에 없다고 생각하면 마음이 편하다. 하지만 그와 같은 태도는 나의 소설을 읽고 공감하는 사람들을 배신하는 것과 다르지 않다. 소설을 쓰기 위해 부단히 애썼던 과거의 나를 조롱하는 짓이고, 글쓰기는 나에게 가장 소중하고 필요한 일이라고 말했던 나의 진심을 쓰레기통에 던져버리는 행위다. 오직 나를 위해서만 쓰던 시절은 지나갔다. 나는 글쓰기를 나의 일로 삼았다. 이제 나는 혼자서 쓰는 사람이 아니다. 나만 읽고 치울 글이 아니라 누구라도 봐주길 바라는 마음으로 쓴다. 값을 지불하고 시간을 들여서 나의 소설을 읽는 사람들이 있다. 그럼에도 나는 왜 자기 비하를 버리지 못하고 허름한 그것을 방패처럼 들고 있는가. 생각과 행동의 모순을 벗어나지 못하는가. 앞서 쓴 문장을 다시 옮긴다. 나의 성격은 글쓰기에 어떤 영향을 미치는가.

아무도 없는 음악실 구석에 앉아 시인과 촌장의 〈가시나무〉와 산울림의 〈무지개〉를 들으며 울던 때가 있었다.

아무도 찾지 않길 바라면서 누구라도 찾아와주길 바랐다.

누구라도 찾아왔다면 숨었을까. 도망쳤을까. 물어뜯었을까. 멋쩍게 눈물을 닦으며 말했을지도 모른다. 배가 너무 아파. 커다란 나무가 부러지는 것처럼 아파. 꽝꽝 얼었다가 펄펄 끓는 것처럼 아파.

거짓말. 또 무엇을 잘못했구나. 잘못을 감추려고 지금 여기 숨어서.

사방이 나로 빼곡하다.

나는 나를 잘 알아서 단번에 나를 쓰러트릴 말이 무엇인지 안다. 나를 일으키는 단 한 단어도. 그것은 다시 나를 쓰러트 릴 것이다.

나는 나와 싸우려고 매일 밤 글을 썼다. 결국 화해하려고.

나는 나를 뿌리치려고 오랫동안 글을 썼다. 혼자 울고 싶어서.

나는 나를 부정하려고 계속 썼다. 부정할 수 있는 모든 것을 부정하다보면 찾을 수 있으리라고 믿었다. 결코 부정할 수 없 는 돌과 같은 긍정을. 그것을 찾아서 삼켜버리고 싶었다.

나는 형편없다. 이것이 나의 판단인지 내가 듣고 배워 흡수 한 생각인지 모르겠다. 나는 '할 수 없는' 사람이었다. '잘못하 는' 사람. '지적받는' 사람. 언제나 어디서나 나의 잘못은 준비 되어 있었다. 그런 것들에 반박하기보다 순응하는 게, 저항하 기보다 침묵하는 게 편했다. 나만 조용히 넘어가면, 문제 삼지 않으면 모두가 괜찮았고 나는 '착한' 사람이 될 수 있었다. 그렇 게 나는 점점 형편없는 사람이 되어갔다. 처음부터 형편없진 않았을 것이다. 내가 나를 형편없게 만들었다. 앞 문장을 쓰면 서 나는 나에게 상처를 줬다. 그러나 삭제하거나 고치지 않을 것이다. 어떤 퇴고는 그렇다. 아무리 아파도 삭제할 수 없는 문장이 있다. 견딜 수 없다고 지워버리는 순간 나를 향해 치솟는 분노.

북토크나 인터뷰 때 자주 하는 말.

"한 편의 소설을 쓰고 나면 나는 쓰기 이전과 미세하게 다른 사람이 됩니다. 어떤 사건과 인물에 대해 오랫동안 고민하고 공감하고, 그 세계에 깊이 들어가본 나는 이전과 다른 사람일 수밖에 없어요. 이를테면『이제야 언니에게』를 쓰기 이전과 이후의 나는 다릅니다. 제야를 만나고, 제야 옆에 있고, 제야로 살면서 나는 확실히 달라졌어요. 나는 쓰면서 배웁니다. 아는 것이 아니라 알고 싶은 것을 씁니다."

형편없는 사람에 머물고 싶지 않다. 소설을 읽고 쓰면 지금보다 나은 사람이 될 수 있다. 조금씩 달라질 수 있다. 내가 쓴 인물에게 배울 수 있다. 그들처럼 살아가려고 노력할 수 있다. "사람은 노력해야 해. 소중한 존재에 대해서는 특히 더 그래야 해"라는 문장을 썼다면 그 문장을 쓰기 이전과는 다른 사람이 되어야 한다. "나의 천국은 이곳에 있고 그 또한 내가 두고 갈 것"이란 문장을 쓴 뒤 나는 죽음보다 힘이 센 희망을 느꼈다. 오늘의 사랑, 오늘의 당신, 오늘의 삶에 최선을 다하고 싶었다.

나는 나를 모른다. 나는 때로 예측할 수 없는 일을 벌였다. 그런 나에게 절망한 적도 있다. 절망은 희망을 끊어버린다는 뜻이다. 진짜 절망했다면 계속 쓰지 못했을 것이다. 한때 나는 살고 싶어서 글을 썼다. 이제는 더 나아지기 위해서 쓴다. 소설은 그것을 가능하게 한다. 나에게는 소설이 필요하다.

6
월

하지
夏至

나의 사랑은
불수의근

ㅇ

무서운 꿈을 꾸었습니다.

겨우 깨어나 어둠 속에서 말했을 때

당신은 무슨 꿈이냐 묻는 대신

괜찮다, 말했지요.

당신의 그 말이 꿈을

확실한 꿈으로 만들었습니다.

다시 악몽에 빠질 수 있음을 알면서도

깨어 있는 밤 대신

거듭 잠드는 밤을 선택하는 나는……

괜찮습니다.

하지夏至,

지표면이 태양으로부터 가장 많은 열을 받는 날.

하지 이후부터 기온이 상승하여 몹시 더워집니다.

북반구의 낮 길이가 가장 긴 날은
남반구의 낮 길이가 가장 짧은 날.
이제부터 남반구는 몹시 추워지겠지요.

나는 여름에 있습니다.
당신은 어디에 있을까요.

'하지부터는 구름만 지나가도 비가 온다'는 속담이 있습니다.
곧 본격적인 장마가 시작될 거예요.

낮이 가장 긴 날, 한없이 내리는 비를 생각합니다.

　그럴 때가 있습니다. 불행에 대해 한없이 끝없이, 사람들이
귀를 틀어막고 비명을 지를 때까지, 온 세상이 감전되어 경련
을 일으킬 때까지, 말을 멈추면 거품이 되는 저주에 걸린 사람
처럼 쉬지 않고 말하고 싶을 때.

여름날이었어요. 짧은 밤조차 무서웠습니다. 눈을 감으면 지옥 같은 기억이 펼쳐졌어요. 종이를 찢고 유리를 깨도 열이 식지 않아서, 결국 내가 나를 구겨버릴까봐, 집을 나와 길을 걸으며 울었습니다. 사람에게 무감해지려고 더 많은 사람 속에 섞였습니다. 사랑을 쓰레기로 만들려고 더 많은 사랑을 구걸했습니다. 비웃고 싶어서 활짝 웃었고 자랑하듯 불행을 꺼내놓았습니다. 사람들은 순서를 지키며 위로했고, 위로는 번호표처럼 버려졌습니다.

하지만 이상하지요. 꺼내놓은 불행은 빛을 잃고 평범해졌습니다. 점점 메마르다 초라해졌습니다. 혼자일 때 나의 불행은 그렇지 않았는데, 분명 눈부셨는데, 굉장하고 위대했는데, 발설해서 하찮아진 불행은 스낵 봉지처럼 여름의 길바닥을 구르고……

그런 때가 있었습니다.
뜨거운 태양빛과 끝없이 쏟아지는 비가 공존하던 날.

빛을 거두어 빛을 찾고 싶었습니다.

다시 그런 때가 오더라도 괜찮다는 말을
당신에게 듣고 싶어서 꺼내는 이야기입니다.

불행의 정의는 '행복하지 아니함'입니다.

흔하고 사소한 불행.
겨우 이 정도의 불행.

행복하지 않아도 괜찮습니다.

불행의 반대말은 다행입니다.
다행의 정의는 '뜻밖에 일이 잘되어 운이 좋음.'

흔하고 사소해도 언제나 반가운 다행.

낮이 가장 긴 날,
태양이 세상을 몹시 사랑하여 모조리 가지려 할 때
비가 내려 그 열기를 식혀준다면 다행이겠지요.

당신이 있는 곳은 어떻습니까.

눈이 내립니까.

두꺼운 옷을 입고 담요를 두른 채

뜨거운 차를 마시고 있나요.

밤하늘의 나침반자리를 바라보고 있습니까.

멀리서 보면 남반구와 북반구는 하나의 구球.

당신의 카노푸스와 나의 시리우스는 같은 하늘에 있어요.

반대말을 떠나 오래오래 걸으면 반대말과 만납니다.

잘 지내고 계신가요.

하루하루 이 여름을 걸어서

당신의 계절로 가겠습니다.

영영 만나지 못하더라도

몹시 가까이 있겠습니다.

"나는 사랑이 필요한 사람이다."

이 문장을 수용하기까지 이십 년 걸렸다.

얼마 전까지는 '사랑이 필요하다' 대신 '사랑을 구걸하며 살았다'고 생각했다. 두 문장의 뉘앙스는 상당히 다르다. '사랑을 구걸했다'라는 생각은 대체로 아침에 눈뜰 때 엄습했다. 생각의 흐름은 대체로 다음과 같다.

내가 애쓰지 않았다면 아무도 나에게 관심없었을 거야. 내 성질머리대로 굴었더라면 관계는 진즉 끝났겠지. 그처럼 무례한 말과 행동을 참았던 이유는 싸우기 싫어서였지. 사실 무섭기도 했어. 나는 그런 대우를 받을 수밖에 없는 사람이라고 생각하면 편했지. '나 같은 애가 무슨 사랑이야' 같은 생각 말이야. 나는 사랑받을 자격이 없다고 생각하면서도 사랑을 구걸했던 거야. 모순덩어리네. 구걸해서 사랑을 받아내다니 정말 별로야. 사랑 없으면 죽니? 죽진 않지. 그럼 하지 마. 그래, 구걸하는 사랑 따위 이제 그만하자.

그만하자 다짐한 뒤 나는 다시 사랑하려고 애쓴다.
나의 사랑은 불수의근.

사랑하는 사이는 다툰다. 내 마음을 왜 몰라주느냐고 항의한다. 애인이 마음에 들지 않는 말이나 행동을 하면 나무란다. 진의를 되묻는다. 오해를 부풀리고 자기 주장을 굽히지 않는다. 애인이 나를 인정할 때까지 투쟁한다. 너 때문에 너무 힘들다고 울며 호소한다. 애인이 고집을 굽히지 않으면 화가 나고 체념한 것 같으면 억울하다. 때로는 애인을 한심해하고 어떤 경우 나는 한심한 존재가 된다. 얕잡아보거나 깔본다. 무시한다. 우리는 소중한 존재를 정말 그렇게 대한다. 손에 쥐고 있으면 구겨버리기가 쉽다. 애인이 나를 더 사랑하는 것 같으면 '내가 이 사람을 진짜 사랑하는 게 맞나' 의심한다. 내가 애인을 더 사랑하는 것 같으면 울적하고 외로워진다. 헤어지지 못하고 다툼을 반복한다. 대체 왜?

사랑하는 사이는 친밀하다. 가족이나 친구에게 보여주지 않는 몸을 보여준다. 쓰다듬고 입맞춘다. 혼자 있을 때나 할 행동을 애인 앞에서는 한다. 누가 더 유치해질 수 있나 시합을 벌인다. 함께하고 싶다. 같이 있고 싶다. 맛있는 걸 먹으면 생각난다. 맛없는 걸 먹어도 생각난다. 다른 사람에게는 절대 하지 않을 말을 시시콜콜 나눈다. 기쁜 일이 있으면 나누고 싶다. 슬픈 일이 있으면 의지하고 싶다. 아프면 걱정한다. 걱정이 커져서 다투기도 한다. 다투다가 울며 껴안는다. 맞춰보려 노력한다. 미안할 일이 아닌데도 미안하다 말하고 혼자 있고 싶을 때도 보고 싶다고 말한다. 어디냐고, 뭐하느냐고, 밥은 먹었느냐고 묻는다. 잘 자기를, 잘살기를 바란다. 늘 생각한다. 그리워한다. 상실이 두려워서 미신을 믿기도 한다. 이별이 두려워서 나를 잃기도 한다.

당신이 멋있는 말이나 훌륭한 행동을 할 때, 많은 사람의 인정과 사랑을 받을 때, 성취하고 성공했을 때 당신은 아름답다. 빛난다. 그때 당신 곁에 나는 없어도 상관없다. 거기 사랑은 없어도 괜찮다. 당신의 쓸쓸한 옆모습, 힘없는 뒷모습, 저기 홀로 걸어가는 당신, 웅크린 어깨, 당신이 나약할 때, 맞서지 못하고 물러설 때, 홀로 울 때, 가만히 한숨 쉴 때 나는 당신을 사랑한다. 사랑할 수밖에 없다. 당신이 외로이 창밖을 바라보고 있으면 나는 슬프다. 당신 옆에 있고 싶다. 충분히 혼자였던 당신이 비로소 시선을 옮길 때 그 자리에 내가 있고 싶다. 당신의 슬픔보다 내 슬픔이 중요해진다면 나는 나의 사랑을 의심할 것이다. 울고 있는 당신을 안아주고 싶다는 생각보다 당신책임을 따지거나 빈정거리는 말이 먼저 터져나온다면 내 사랑은 끝났음을 절감할 것이다.

당신을 사랑하는 나만큼은 지키고 싶다. 그 마음만큼은 비웃고 싶지 않다. 당신을 사랑하는 나의 방법이 올바르지 않을 수 있다. 나의 사랑이 당신을 괴롭힐 수 있다. 외롭게 할 수 있다. 비참하게 할 수 있다. 다가가지 못하고 멀리서 손을 흔드는 내가 당신을 더욱 울게 할 수도 있다. 당신은 나와 같은 마음으로 나를 사랑하지 않는다. 당신은 당신으로 나는 나로.

내 사랑이 구걸처럼 보인다면 계속 구걸하겠다. 내게 사랑이 없어서가 아니다. 너무 많기 때문이다. 나를 사랑해달라는 말이 아니다. 계속 사랑하도록 도와달라는 말이다. 사랑으로 포장한 경멸이나 멸시가 아닌, 사랑을 사랑으로. 나는 사랑이 필요해. 그러니까 거기 그대로 있어줘. 내가 확인할 수 있도록.

비겁한 나의 사랑.
내가 할 수 있는 게 이뿐이라면.

사랑을 구걸했기에 그나마 받을 수 있었다는 나의 말을 듣고 Y는 말했다.
구걸하는 사람에게는 사랑을 주지 않아요.
구걸하면 안 준다고요?
네, 보통 그렇지 않나요?
그제야 깨달았다. 내 생각의 오류를. Y는 말했다.
작가님 의외로 자존감이 높은 것 같아요. 사랑을 구걸하면 받을 수 있다고 생각하니까. 사랑을 구걸했지만 받을 수 없었다는 사람이 더 많을 텐데.

나는 받았다. 사랑을. 당신이 꽃과 열매라고 준 것이 내게 닿았을 때 먼지처럼 바싹 마른 쓰레기였다고 해도, 물크러져 악취를 풍기는 오물이었다고 해도 어쨌든 받았다. 당신 탓도 내

탓도 아니다. 우리 사이가 그만큼 멀었을 뿐이다. 이제 나는 그것을 인정한다. 사랑하는 존재로 살 것이다. 사랑이 여기 있을 뿐이고 나는 그것을 지키고 싶은 사람. 당신이 나를 '사랑받는 사람'이 아닌 '사랑하는 사람'으로 기억하길 바란다. 매일 아침 사랑한다고 말한다. 잠들기 전에도. 나의 사랑은 언제나 진행형으로 전해진다. 마지막에도 진행형으로 남을 것이다.

　나는 사랑이 필요하다.
　당신이 필요하다는 뜻이다.

7
월

소서
小暑

나는
너를
모른다

○

7월입니다.

허연 시인의 「칠월」을 마음껏 읽을 수 있는 계절이에요.

세상의 속도와 무관하게
내 삶의 시간만 잠시 멈추었던 적이 있습니다.
7월에 기대어 나만의 기나긴 일 초를 지났던 지난날.

그 시절 이야기를 나누어도 괜찮을까요.

여름날 이별했습니다.
그해 겨울 끝나고 봄을 지나 다시 여름의 문턱에 서도록
이별을 통과하지 못했습니다.

잠들지 못하고 제대로 살지 못하고 밥을 씹어 삼킬 수 없어

무언가를 계속 마셨던 날들.

그날들의 언젠가, 필름포럼에서 봤던 영화 〈우리도 사랑일까〉의 인상적인 대사를 기억합니다. "인생에는 빈틈이 있기 마련이야. 그걸 미친놈처럼 일일이 다 메꿔가면서 살 순 없어."

이별을 겪을 때는 혼자 술을 마시는 것보다는 영화를 보는 게 좋을 거예요. 술을 마시면 머릿속 상영관에서 절대 떠올리고 싶지 않은 장면이 리플레이되고, 듣고 싶지 않은 말이 왕왕 울리고, 지난 기억에 시달리다보면 삶을 비웃게 되고, 혼자서만 이 삶을 비웃는 게 억울해서 결국 전화를 하거나 메시지를 보내게 되니까요.

자니.
행복하니.
나를 사랑하긴 했니.
어떻게 내게 이럴 수가 있니.

미친 사람처럼 빈틈을 일일이 메꾸려고 던지는 질문들.

어떤 일은 후회를 거듭해야 더는 저지르지 않을 수 있습니다.
후회를 징검다리 삼아야 다음으로 건너갈 수 있어요.

그해 여름 매일 걷던 길에 해바라기 두 송이가 있었습니다.
저물녘 해바라기에게 마음으로 인사를 건네곤 했지요. 태풍이
거센 밤에는 해바라기를 걱정했습니다. 유리창이 깨지고 신호
등이 휘었다는 뉴스를 보면서, 해바라기는 뿌리째 뽑혔으리라
고, 그러지 않을 도리가 없다고 짐작했습니다.

미리 슬퍼했습니다.

태풍이 지나간 뒤 해바라기가 없어졌음을 확인하려고
그곳에 갔습니다.

거기 해바라기가 있었어요.

꽃잎은 많이 떨어졌고 시든 기색이었지만,
뿌리도 뽑히지 않고 줄기도 꺾이지 않은 채였습니다.

지레 비관적이었던 마음이 몹시 부끄러웠어요.

며칠 뒤 해바라기는 흔적도 없이 사라졌습니다.
태풍도 견딘 꽃을 사람이 뽑았겠지요.
시들고 보기 흉하니 더는 꽃이 아니라고.

오래전 일입니다.

그 여름의 태풍은 무사히 나를 빠져나갔지만
7월이면 여전히 「칠월」을 펼칩니다.

모르시겠지요. 당신을 향한 사랑은 당신이 만들지 않았습니다. 그것은 내 안에서 만들어졌고 나를 떠난 적이 없습니다. 내 안에 장기처럼 붙어서 나를 나로 살게 하는 사랑. 이별이 모든 것을 휩쓸고 망가트릴수록 어떤 사랑은 괴물처럼 부풀어올라 자기를 과시합니다.

가끔은 그런 나의 사랑이 징그러워요.
그러나 그것 없이 살 마음은 없습니다.

이별할 때조차 사랑의 한가운데 있습니다.

체념뿐이어도 좋은 사랑.

천국이 아니어도 좋은 사랑.

사랑이 없다면 아플 리 없습니다.

사랑은 이별을 막을 수 없고

이별은 사랑을 훼손할 수 없으니

어떤 사랑은 절망과 지옥을 거부하지 않습니다.

그리하여 나에게 「칠월」은 사랑의 시.

소서小暑,

작은 더위.

충분히 덥지만 아직 작습니다.

본격적인 더위는 우리를 깜짝 놀래주려고

조금씩 몸을 부풀리고 있을 거예요.

언제나 예상보다 뜨거운 여름.

햇살을 사랑에, 비바람을 이별에 비유하는 것은

무척 고리타분하지요.

그러나 정말로 나는 눈이 부셔서 깨어납니다.

사랑이 들이닥칠 때는 눈을 제대로 뜰 수가 없어요.

눈부신 여름입니다.

여전히 이 여름을 사랑합니다.

사랑은, 하지 않을 수 있다면 하지 않는 게 좋다.

할 수밖에 없다면 잘하고 싶다.

장마 끝나고 무더위와 스콜이 다가올 조짐이 느껴지면 허연 시인의 시집 『불온한 검은 피』를 꺼낸다. 시집을 펼치면 단번에 「칠월」이 나타난다. 여름 내내 책상 귀퉁이에 그 시를 펼쳐둔다. 글을 쓰다가, 글쓰기를 멈추고 벽을 바라보다가, 머그컵에 담긴 커피를 마시다가, 연필을 찾다가, 달력에 써놓은 일정을 살피다가, 메일함을 열고 그럼 제가 원고를 언제까지…… 라는 문장을 쓰다가, 너무 힘든 날에는 와인을 따라 한 모금 마시다가, 귀퉁이의 시를 망연히 바라본다. 내가 펼쳐놓았으나 스스로 책꽂이에서 걸어나온 것 같은 시.

지면에서 도드라져 눈에 들어오는 문장은 때마다 다르다. 그럴 때 내 마음에는 질서가 없고 그것이 시라는 의식도 없다.

한때 무척 소중하게 간직했으나 이제 그만 그 의미를 지우고 치워야 하는 물건이 있다면, 하지만 쓰레기통에 던져버릴 자신은 아직 없다면, 일상 공간 아무 곳에나, 매일 시선이 닿는 곳에 두면 된다. 탁자 위 소품처럼. 서랍 속 손톱깎이처럼. 식탁 위 약봉투처럼. 익숙해지면 보이지 않는다. 더께더께 엉겨 있던 의미는 생활의 리듬에 마모된다. 그것이 거기 있다는 사실마저 잊고 살다가 어느 날 무심히 버리게 될 것이다.

　나에게는 7월이 그렇다.
　나를 묻힌 상태로 버리기 좋은 때.
　여름과 함께 터트려버리거나 증발시키기 좋은 7월.
　여름날 나의 사랑은 충만한 이별에 가깝다.

　여름 내내 펼쳐져 있는 「칠월」에는 밑줄도 인덱스도 메모도 없다. 대신 먼지와 습기, 점점이 튄 커피 자국, 붉게 번진 와인 자국, 구겼던 것을 매만진 흔적, 짓이겨진 지우개 가루와 종이에 벤 상처 같은 연필 자국이 있다. 「칠월」은 7월을 지나는 동안 부풀어올랐다가 울고 마르고 거칠어지고 바랜다. 시는 그

자리에서 빗소리처럼 홀로 중얼거리고 나는 시의 여백에 거듭 생활의 흔적을 남긴다.

여름날 이별한 경험이 있다. 이별의 징조는 봄부터 있었다. 징조란 예컨대 이런 것이다. 갈등을 해결하려고 노력하지 않는다, 오해를 바로잡기 위해 애쓰지 않는다, 저기 이별이라는 결승점이 있다는 걸 알기에 잰걸음을 멈추지 않는다, 떠나는 사람은 남겨지는 사람에게 질문하지 않는다…… 아무것도 묻지 않아……

오래전 이야기다. 그 여름의 고통은 나를 빠져나갔다. 감정은 식품건조기를 통과한 귤처럼 바싹 말라버렸다. 길을 걷다 우연히 그 사람을 만난다면 어디서 본 사람인데, 아는 얼굴인데 생각하다가 반갑게 웃으면서 인사를 건넬지도 모르겠다. 어, 안녕하세요! 우리 아는 사이 아닌가요? 언젠가 만난 적이 있는 것 같은데.

그래, 너와 나는 아는 사이. 만난 적이 있다.

여름은 매번 돌아오고 7월은 언제나 새로운 7월. 지난날은 충분히, 수백 번 읽은 시만큼 돌아보았다. 그것이 과거임을 분명하게 확인했다. 그리고 어떤 감정은 메말라 부스러졌더라도 과거가 될 수 없음을 확인했다. 당신도 이런 이야기를 들어봤을 것이다. A와 이별한 뒤 A가 보고 싶을 때마다 B를 만나 하소연하다보니 어느새 B를 사랑하게 되었다는 이야기. 그해 여름 고통과 분노에 빠져서 나는 매일 「칠월」을 읽었고 사랑하게 되었다. 그러므로 이것은 그리움이나 이별에 관한 이야기가 아니다. 체념과 절망 속에서도, 버려져서 쓸려가도 "이리저리 낮게만 흘러다니는 빗물"*처럼 끝내 사라지지 않고 깊은 곳에 고이는 사랑에 관한 이야기다.

그리고 그보다 먼저, 나는 다시 여름날 이별했다. 그때도 밥을 제대로 먹지 못했다. 잠을 잘 수도 없었다. 숯에 담긴 불 살리듯 몸뚱이를 이리저리 뒤척이다보면 날이 밝았다. 해가 긴 여름. 새벽 다섯시면 빛이 들었다. 그 빛을 보면서 절망했다. 빛이 들면 엄마는 마당에 나가 앉아 풀을 뽑았다. 사람들이 잡

---

* 허연, 「칠월」 부분, 『불온한 검은 피』, 민음사, 2014.

초라 부르는, 왕성한 번식력으로 잔디밭과 텃밭을 잠식하는, 인간이 기르지 않는 풀.

풀이 뽑히는 소리. 죽어가는 풀 냄새. 마당은 매일 아침 깔끔해졌다.

이별을 겪으면서 나는 불을 품었고, 그것에 계속 데었고, 데인 상처를 사람들에게 자랑처럼 보여줬다. 나를 걱정하는 사람들의 말을 비웃으며 그들에게도 상처를 줬다. 그래도 된다고 생각했고 그렇게 의지하는 방법밖에 몰랐다. 많은 사람이 여름을 사랑과 청춘에 비유한다. 나는 그 비유에 진심으로 동의한다. 이별할 때만큼 사랑이 거세게, 충격적으로 느껴질 때가 없으므로.

여전히 여름을 사랑한다. 여름의 태양과 폭우와 천둥번개와 무섭도록 푸르른 식물과 끈적끈적한 생명력을 온몸으로 기꺼이, 체념과 절망 속에서도 기꺼이. 끓어오르는 한낮의 열기 속에 느닷없이 내리는 소나기, 아스팔트 식는 냄새, 빠르게 흘러가는 먹색 구름, 사람들은 달린다, 비를 피해서, 물보라를 피해서, 소리를 지르며 웃으며 달린다. 처마 아래 나란히 서서 비오는 풍경을 바라보는 사람들. 자연이 거리를 장악하고 인간은 바라볼 뿐이다. 인간이 기르지 않은 것을.

이별은, 하지 않을 수 있다면 하지 않는 게 좋다.
할 수밖에 없다면 잘하고 싶다.

사랑에 관해 어떤 말을 해야 할 때, 내가 꼭 하는 말이 있다.
헤어지자는 말은 가장 나중에 할 것.
이별을 고했다면 다시는 만나지 말 것.

길을 걷다 우연히 너를 만나는 일은 결코 일어나지 않을 것이다.
나는 너를 모른다.

7
월

대서
大暑

사람에게 할 수 없는 말을
일기에 쓰니까

○

대서大暑,

큰 더위가 다가오고 있습니다.

잘 지내고 계신가요.

안테나 위리어스의 〈여름날〉을 들으며 이 편지를 씁니다.

나의 여름 음악입니다.

당신은 어떤가요.

계절마다 찾아 듣는 음악이 있는지요.

어떤 음악은 나를 특정 시간으로 부릅니다.

음악의 신비로운 힘이겠지요.

반복적인 일상에서 그 음악을 들을 때,

오직 나만 알 수 있는 시간 이동이 일어나고

나는 과거의 그때를 다시 겪을 수 있습니다.

근황을 전해도 될까요. 요즘 새로운 장편소설의 초고를 끝내고, 십 년 전에 쓴 소설을 다시 보고 있습니다. 개정판을 내기로 했거든요. 몇 해 전 절판시킨 소설이며 나 또한 그 책을 단 한 권 가지고 있습니다. 그 소설을 쓰던 당시 나를 붙잡고 놓아주지 않던 문장이 있습니다.

인간은 과연 구원을 호소하지 않은 채 살아갈 수 있는가?
이 문제가 바로 나의 관심의 전부다. *

그때를 기억합니다.

몹시도 추운 겨울이었어요. 작은 방에서 보일러를 맘껏 틀지 못하고 패딩 점퍼를 입은 채 소설의 초고를 마쳤습니다. 마지막 마침표를 찍고 무작정 밖으로 나갔습니다. 1월 말의 밤이었어요. 황량하게 얼어붙은 거리. 커다란 검은 옷을 입고 유령처럼 부유하는 사람들. 춥고 무서웠습니다. 목적지 없이 버스

---

* 알베르 카뮈, 『시지프 신화』, 김화영 옮김, 책세상, 1997, 91쪽.

를 탔습니다. 도시를 종단하는 버스였어요. 종점에서 같은 번
호의 버스를 타고 돌아왔습니다. 헤매다가 돌아온 집은 더욱
추웠고

혼자였습니다.

소설을 쓰면서 내내 듣던 음악이 있습니다.
Pink Floyd의 〈Wish you were here〉.

그 음악을 들을 때마다
나는
겨울에 있습니다.

나에게도 여름과 같은 청춘이 있었어요. 파란 하늘에서 빛
나는 폭우가 쏟아지고, 땀으로 흠뻑 젖은 몸, 웃음, 탄성과 갈
채, 뜨겁게 녹아 흐르는 열기, 눈부신 초록들.

그리고
어느 청춘은 겨울뿐입니다.

춥고 무서운 젊음.

아무리 헤매고 돌아와도 혼자입니다.

어항 속 물고기처럼 새장 속 새처럼

가로막힌 채 절망하면서도

당신을 찾아 또다시 헤엄치고 노래합니다.

2013년 1월에 초고를 마친 그 소설은

그해 12월 24일 출간됩니다.

크리스마스이브에 나에게 돌아온

『나는 왜 죽지 않았는가』 책의 첫 장에는

고바야시 잇사의 하이쿠가 실려 있습니다.

"난 혼자요 하고 말하자

여인숙 주인이 숙박부에 그렇게 적었다.

이 추운 겨울밤."

십 년 전의 소설은 그 시절로 나를 돌려세우고 몰아붙입니다. 질문뿐입니다. 결핍을 메우려는 호소입니다. 당신을 찾고 당신을 스쳐가고 당신을 잃어버립니다. 차갑게 날이 선 상태로 상처를 흉터로 만들기 위해 노력하는 젊음. 애쓰는 청춘. 새하얀 눈밭에서 방향을 잃고 겁에 질린 채로도 앞으로 나아갑니다. 유리벽이나 쇠창살 없이도 나를 가둔 세상, 사람들, 존재 이유를 묻는 질문들.

첫 장의 '혼자'와 마지막 장의 '혼자'를
다른 '혼자'로 만들고 싶었습니다.
한 시절을 한 권의 책에 가둬버리고
한 걸음 더 나아가고 싶었습니다.

이번 편지에는 여름방학 이야기를 쓰고 싶었어요. 여름성경학교의 추억. 처음 바다를 봤을 때의 기억. 방학 숙제를 하지 않아서 야단맞았던 경험. 올여름 커다란 더위의 한가운데에서 하고 싶은 일들. 제주에 살고 있으니 여름 바다에 자주 가겠다는 다짐. 여름 숲을 만끽하고 싶다는 기대감. 여름날 하루쯤은 온종일 빈둥거리다가 맥주와 스낵을 잔뜩 쌓아두고 야구 경기를 처음부터 끝까지 통째로 보고 싶다는 계획을 나누려고 했어요.

하지만 결국 이런 편지를 쓰고 말았습니다.

삶에 질린 표정으로 겨울밤 거리를 헤매고 있는
그곳의 나에게 전하고 싶었어요.

추운 여름을 지나 이제 나는 괜찮다고. 이곳에서 여전히 답
을 찾아 헤매는 중이라고. 너처럼 그 음악을 들으며 무서워하
면서도 희망한다고. 하지만 달라진 점도 있어. 이제 나는 천
국과 지옥을, 고통과 푸른 하늘을 구분하려고 애쓰지 않아. 기
억하면 좋겠어. 네가 그곳에 있어 내가 이곳에 존재할 수 있음
을. 있음의 이유는 무수하기에 없음과 다르지 않다는 것을. 너
는 내가 사라지길 바라기도 하겠지만 나는 네가 사라지도록
두고 보지 않을 거야.

나는 네가 필요해. 너를 복원할 거야.
네 질문은 흩어지지 않았어. 내가 대답할 거야.

답장을 쓰고 있어.

알잖아. 편지는 닿기까지 시간이 걸리잖아.

나도 지금 쓰고 있어.

알잖아.

편지는 네가 거기 있어야 받을 수 있다는 걸.

네가 그곳에서 기다려주면 좋겠어.

나를 위해.

나를 위해서.

기다려달라는 말을 들었다. 혼자서 기다렸다. 아무 일도 일어나지 않았다. 그래서 계속 썼다. 지난 일기는 온통 그런 내용이다. 사람에게 할 수 없는 말을 일기에 쓰니까. 이를테면 "내가 죽어서 다 복수할 거야" 같은 문장이 일기에는 있다. 왜 그런 문장을 썼지? 상대에게 죄책감과 슬픔을 안겨주는 게 복수라고 생각했나? 삶을 내놓으며 겨우 그 정도를 받아내겠다고? 그 시절의 나에게 진지하게 물어보고 싶다. 죽어서 복수를 어떻게 해? 귀신이라도 되려고? 비장하게 죽어서 겨우 귀신이 되겠다고? 조금만 시간이 흐르잖아, 그럼 너는 이런 말을 하고 다닐 거야. 언젠가는 퇴마 소설을 쓰고 싶어요!

지난 일기에는 이런 문장도 있다.

"언젠가는 꼭 광기의 소설을 쓸 것이다. 모두 미쳐 있어서, 고요하게라도 미쳐서, 미치지 않은 주인공이 이상하고 우스워지는."

"사랑 괴물. 나는 괴물이다. 언제나 굶주려 있고 욕망하며 회한으로 충만한 괴물."

"나는 내가 생각하는 나보다 훨씬 이상하고 불쾌한 사람일 수도 있다."

"내 안에는 악마가 있다. 사람들도 언젠가는 눈치챌 것이다. 나의 불순물은 아주 가끔 튀어오르는 선함."

그리고 며칠 뒤 쓴 문장.

"사람들은 사실 내게 큰 관심이 없다."

"도와달라는 말도 못하고, 혼자서 쓸쓸해하는 것. 누구의 잘못도 아닌데, 힘드니까, 누구라도 탓하고 싶었다. 날 탓하지 누굴 탓해."

그리고 며칠 뒤 쓴 문장은 또 이렇다.

"모르는 사람들이 문을 열어주고 기다려주고 그랬다. 왜 이렇게들 친절한 거야. 혼자 중얼거렸다."

가끔은 이런 문장도 있다.

"먹을 것 말고 다른 걸 사고 싶다. 너무 먹을 것만 산다."

울적할 때 일기를 보면 괜찮아지기도 한다. 앞뒤가 안 맞는 문장을 보면 실소가 터진다. 분명 화가 나서, 울분에 차서, 답답해서, 외롭고 우울해서 썼을 텐데…… 이를테면 다음과 같은 일기는 정말 웃기다.

"아빠와는 말이 안 통한다. 내 의견은 듣지 않고 아빠가 하고 싶은 말만 한다.

치킨을 먹어라. 치킨이 맛있다.

저는 밥이 좋아요, 아빠.

치킨을 먹어라. 치킨을 왜 안 먹냐.

저는 밥이 좋아요.

이거 다 남겠네.

저는 밥이 좋아요, 아빠."

그때는 분명 자기 말만 고집하는 아빠가 답답하게 느껴져서 썼을 텐데, 이제 와 보면 나 또한 아빠처럼 내가 할 말만 하고 있다. 군이 일기를 써서 그 증거를 남겨버렸다. 그날의 일기는 이렇게 끝난다.

"아빠는 계속 같은 질문을 하고, 아빠 말만 맞고, 아빠 좋은 대로만 기억한다. 아빠와 나의 간극은 가속도가 붙은 스케이터 사이처럼 벌어진다. 최민정의 천오백 미터 결승처럼. 아빠가 여행 가서 쓰라고 삼십만 원 줬다."

그냥 그렇게 끝나버린다. 고맙다거나, 의외라거나, 그런 문장 한 줄 없이. 아빠가 너무 답답한 건 답답한 거고, 아빠가 용돈을 준 건 준 거고. 그걸 기록해둔 내가 너무 웃기다.

종종 다음과 같은 문장을 만나면 아련해진다.
"아침에 성당 가는데 굴다리가 거의 잠겨서 큰 굴다리로 돌아서 갔다. 원피스가 다 젖었다. 성당 의자에 앉아 있는데 내 옆으로 물이 뚝뚝 떨어졌다. 원피스에서 흐르는 물."
"춥고 외로운 그 길이 떠오른다. 머무를 때도 알았다. 고요하고 차고 외로운 날들을 그리워하리란 것을. 특별한 기억도 재미도 추억거리도 없지만 그래도 그리워하리란 것을."
"여름 풍경. 비 오는 7월의 풍경. 영원히 사랑할 것이다. 도시의 7월도, 시골의 7월도. 적당히 젖은 채 혼자 걷는 그 여름을."

일기를 보면 안다. 계속 비슷한 고민을 하면서도 나는 조금씩 변한다. 누군가의 어떤 면을 답답해한다면 그건 내가 싫어하는 나의 모습과 닮아서다. 가장 사랑하는 사람은 가장 미워하는 사람. 내가 화를 낼 수 있는 상대는 정말 사랑하는 사람. 매일 후회한다. 반성한다. 그러지 말자고 다짐한다. 그리고 다시 후회할 짓을 한다. 관심을 바라면서도 관심을 부담스러워한다. 겁을 내고 두려워한다. 불편해한다. 내가 진짜 불편해하는 건 불편해하는 나. 나는 나를 비하한다. 그러면서도 나를 진짜 비하하는 사람이 나타나면 분노한다. 그 엉망진창이 어이없어 웃음이 난다. 스스로를 악마라고, 괴물이라고 생각하는 내가 너무 우습다. 이렇게 걱정과 겁이 많은 악마라니. 이토록 소심하고 후회가 많은 괴물이라니.

밤마다 일기를 쓰면서 마음에 들지 않는 사람과 세상에 대해 토로하던 나는, 실은 그 누구보다 나를 이해할 수 없어서 나의 말과 행동을 곱씹어 생각하며 꾹꾹 눌러쓰던 나는, 앞뒤가 맞지 않는 내용을 두서없이 적으면서 감정을 풀어보거나 더 엉키도록 애썼던 나는 결국 쓰는 사람이 되었다. 나를 해석하고 복원하는 사람. 그때 나의 질문에 뒤늦게 응답하는 사람.

그리고 예언하는 사람. 영원히 그리워하리라고, 궁금해하리라고, 사랑하리라고.

과거, 현재, 미래는 뒤엉켜 있어 나는 미래를 기억할 수 있고 과거를 꿈꿀 수 있다. 과거의 나에게 편지를 받을 수 있고 미래의 나에게 편지를 보낼 수 있다. 언젠가 아빠는 같은 말을 할 것이다. 치킨을 먹어라, 치킨이 맛있다. 그럼 나는 먹기 싫어도 한 조각쯤은 맛있게 먹는 척을 할 수도 있다. 과거의 내가 보낸 편지를 읽었으니까.

기다려달라는 말을 들은 적이 있다. 그 밤 나는 추운 방에서 패딩 점퍼를 입은 채로 쪼그려앉아 불안에 잠겨 생각했다. 내가 다시 소설을 쓸 수 있을까. 계속 살고 싶다는 뜻이었다는 걸 이제는 안다. 언젠가 나는 『비상문』이란 책에 썼다. "매우 사랑하면서도 겁내는 것이다. 이 삶을." 그리고 시간이 흘러 『단 한 사람』이란 책에 썼다. "영원한 건 오늘뿐이야. 세상은 언제나 지금으로 가득해." 두 문장은 다른 뜻을 품고 있을까? 나는 내가 한결같이 비슷하면서도 조금씩은 변하는 존재라서 다행이라고 생각한다.

8
월

입추
立秋

계속

들을 것이다

○

입추立秋,

가을로 들어서는 길목입니다.

이 시기 지나면 밤에는 서늘한 바람이 불기도 한다지만

여전히 무더운 날들이지요.

매미가 울고 초록은 무성합니다.

잘 지내고 계신가요.

달력을 바라보다 잠시 놀랐습니다. 여전히 1990년대의 어느 날에 머물러 있는 나의 일부가 믿을 수 없다는 표정으로 말합니다. 넌 정말 너무나도 먼 미래에 살고 있구나. 그곳은 어때? 〈2020년 우주의 원더키디〉와 비슷해? 외계인은 만났어? 너의 우주선은 무슨 색이야? 우주여행은 몇 번이나 해봤어?

머뭇거리며 대답합니다.

있잖아, 나 최근에 해수욕을 처음 해봤어. 파도가 아주 근사하더라.

그리고 네가 요즘 좋아하는 그 음악을 여전히 찾아 듣곤 해.

1988년 8월 8일을 생각합니다.

그날 나는 어떤 하루를 보냈을까요.

1988년의 나는 여덟 살.

엄마는 서른세 살, 아버지는 서른여덟 살이군요.

맙소사, 너무 젊은 두 사람입니다.

우리 가족은 강원도 태백시의 황지빌라 일층에 살고 있습니다. 아빠는 내가 아는 사람 중에 글씨를 가장 또박또박 쓰는 사람. 아빠는 나에게 선글라스를 씌워주고 "여기 서 있어봐"라고 말한 다음 사진을 찍어주는 유일한 어른. 엄마를 좋아하는 나는 아빠를 닮았습니다. 아빠는 내가 거짓말도 못하는 착한 어린이인 줄 알아요.

들키지 않으려고 노력합니다.

받아쓰기와 산수 때문에 학교에 가기 싫습니다.

학교를 며칠 동안 다니면 끝이냐고

아무리 물어봐도 아무도 대답해주지 않아요.

배가 아프다고 거짓말하고 학교에 가지 않습니다.

친구들은 모두 즐거워 보입니다.

오빠는 불장난을 하다가 팔에 화상을 입고도

혼이 날까봐 엄마에게 말하지 않고

팔뚝에서 진물이 흐릅니다.

나는 남매의 의리를 지킵니다.

변비 때문에 또 결석을 합니다.

엄마는 내가 학교 화장실을 낯설어해서 그런 줄 알지만

사실은 화장실에서 귀신이 나온다는 소문 때문이에요.

휴지는 흰색인데

자꾸만 빨간 휴지와 파란 휴지 중에 하나를 고르라고 하니까.

아직 좋아하는 사람은 없습니다.

사랑이란 대체 무엇일까요?

1988년의 어느 밤입니다. 대학가요제에 '무한궤도'라는 밴드가 등장합니다. '신해철'이란 사람이 파란색 기타를 메고 〈그대에게〉를 부릅니다. 시간이 흘러 넥스트 2집이 나오면서부터 나는 본격적으로 그를 좋아합니다. 나에게도 얄리가 있었거든요. 그가 진행하는 〈FM음악도시〉를 들으면서 세상을 배웁니다. 나는 그의 음악과 목소리에 많은 빚을 졌습니다.

언젠가부터 더는 늙지 않는 그는

나의 영원한 STARMAN.

데이비드 보위의 노래 〈Starman〉에는 다음과 같은 가사가 있습니다. "Let the children lose it. Let the children use it. Let all the children boogie. 아이들이 그냥 잃게 놔둬. 아이들이 그냥 쓰게 놔둬. 모든 아이들이 춤을 추도록 그냥 내버려둬."

어른들은 키가 커서

내가 그것을 볼 수 없다는 것을 모릅니다.

어른들은 힘이 세서

내가 그것을 무서워한다는 것을 모릅니다.

어른들은 똑똑해서

내가 아직 그것을 모른다는 사실을 모릅니다.

잘못하는 사람이 되고 싶지 않아서

비밀은 점점 늘어나고

나는 어른이 됩니다.

이제 더는 키가 자라지 않아요.

여덟 살 아이와 마흔네 살의 어른 모두 '나'라는 한 사람.

시간은 사라지지 않고 내가 됩니다.

나의 STARMAN이 남긴 미공개 곡의 마지막 가사는

"다른 시간 다른 곳에서 다시 만나".

기억하는 날보다 기억할 수 없는 날이 훨씬 많지만

밤하늘에는 언제나 STARMAN이 있고

나는 내가 아이였다는 사실을 기억합니다.

스스로 '신해철 키드'라고 생각한다. 청소년기에 그의 음악과 〈FM음악도시〉를 들으며 다진 세계관이 매우 깊고 넓기 때문이다. 고등학생 때는 마이마이, 대학생 때는 CD플레이어로 그의 음악을 매일 들었다. 수업 때를 제외하고는 거의 대부분 이어폰을 귀에 꽂고 살았다. 지금도 어딘가에서 그의 노래가 흘러나오면 저절로 따라 부를 만큼 가사를 외운다. 2002년에는 점심 먹을 돈을 아껴서 당시 발매되었던 'The best of Shin hae-chul' 음반을 샀다. 〈민물장어의 꿈〉을 처음 들었던 순간의 감동을 잊을 수 없다. 그의 음악을 들으며 '나의 생이 끝나갈 때'와 '내가 진짜로 원하는 게 뭔지' 생각했다. '내 마음의 황무지'를 찾아봤고 '힘겨워하는 연인들'을 알게 되었고 '나에게 편지를' 썼다. "마음대로 되는 일은 하나도 없지, 세상 돌아가는 꼴은 맘에 안 들지" 흥얼거렸으며 '먼 훗날 언젠가' 'The Last Love Song'을 부르는 나를 상상했다.* 그의 음악 기저에 깔려 있는 엄숙함과 진지한 질문을 사랑한다. 그는 내게 인간으로서 지켜야 할 고상한 가치들을 음악으로 알려준 사람이다. 절망, 불멸, 고독, 껍질, 파괴, 생, 죽음, 신, 후회, 분노, 상처, 운명, 꿈, 영원, 사랑. 그의 음악을 들으며 나는 그 의미를 마주하고 해석하고 내면에 품었다.

스스로 '김윤아 키드'라고 생각한다. 자우림과 김윤아의 음악을 들으며 형성한 세계관 또한 매우 깊고 넓기 때문이다. '나'라는 지구에서 신해철은 파도, 김윤아는 바람이다. 김윤아의 음악은 나에게 마법의 주문을 전해준다. "언젠가는 이런 내게도 정말 좋은 일이 생길 거라고" "내게도 날개가 있어 날아갈 수 있을까" "별다른 욕심도 없이 남다른 포부도 없이 이대로이면 안 되는 걸까" "사실은 난 더 살고 싶었어요" "누군가 울면 누군가 웃고" 때로는 나 대신 욕하고 화를 내줬다. "입 다물고 그냥 듣기나 해" "언제까지나 그런 식으로 무사할 줄 알았니" "네가 나를 망쳤어 네가 우릴 망쳤어"** 학교나 사회에서 만나

＊   신해철, 또는 신해철이 쓴 N.EX.T의 곡 〈우리 앞의 생이 끝나갈 때〉 〈니가 진짜로 원하는 게 뭐야〉 〈내 마음은 황무지〉 〈힘겨워하는 연인들을 위하여〉 〈나에게 쓰는 편지〉 〈매미의 꿈〉 〈먼 훗날 언젠가〉 〈The Last Love Song〉의 제목이나 가사를 변주함.
＊＊ 김윤아가 쓴 자우림의 곡 〈나비〉 〈샤이닝〉 〈오렌지 마말레이드〉 〈낙화〉 〈위로〉 〈욕〉 〈새〉의 가사를 인용함.

는 어른들이 가르쳐주지 않았던 이 세계의 진짜 비밀을 알려준 두 사람. 한 사람은 신은 없다 말하고 한 사람은 신에게 기도했다. 상반되는 두 태도가 나의 세계에서는 아주 자연스럽게 어우러졌다. 나는 지금도 존재하지 않는 신에게 기도하는 마음으로 소설을 쓴다.

2005년 자우림은 '청춘예찬'이란 리메이크 음반을 발매한다. 그 음반에서 내가 가장 좋아하는 노래는 데이비드 보위의 노래를 리메이크한 〈Starman〉.

공연의 신이라고 불리는 세 사람이 있다. 신해철, 이승환, 서태지. 그들의 음반과 공연에는 '국내 최초'라는 수식이 자주 붙었다. 언제나 새로운 시도를 했고 그것이 국내에서도 가능하고 필요함을 증명했던 선구자들. '그렇게까지 할 필요가 있을까'라는 소극적이고 게으른 생각을 '그렇게 할 필요가 있다'는 당위로 뒤바꾼 사람들. 환상적이면서도 각기 다른 개성을 가진 그들의 공연을 한 무대에서 보길 원했던 팬들은 합동 공연을 열어주길 꾸준히 요구했다. 그 공연이 성사되길 바라는 염원을 담아서 팬들은 일단 '마태승 콘서트'라고 제목부터 정했다. 팬들의 요구가 지속되자 세 사람은 정말 그것을 논의했다.

그 무대의 성사를 목전에 두고 신해철은 하늘의 별이 되었다.

2019년 가을, 신해철의 기일을 앞둔 주말, 예능 프로그램 〈놀면 뭐하니—유플래쉬 편〉에서 신해철의 미발표곡이 공개된다. 그 곡에 서른일곱 살 신해철의 목소리가 담겨 있다. 내레이션으로 진행되는 노래의 제목은 〈아버지와 나 part 3〉. 제작진은 이승환에게 신해철의 미발표곡을 들려준다. 이승환은 그 곡의 프로듀싱과 작곡, 편곡, 부분 작사를 맡기로 결정하며 말한다. "이 곡에 그가 했던 음악적 시도도 넣고 싶고, 그가 얼마나 훌륭한 음악인이었는지 다시금 각인시키고 싶고, 그의 아이들이 들었을 때 아빠에 대한 자긍심을 느낄 수 있는, 그래서 밝게 자라기를 바라는 마음까지 다 담고 싶다." 그리고 평소 신해철을 존경하는 마음을 담아 그의 여러 노래를 커버한 하현우에게 함께 작업하기를 청한다.

신해철의 여섯번째 솔로 앨범이자 마지막 앨범이 된 'REBOOT MYSELF'에 실린 곡 중 〈A.D.D.A〉는 국내 최초 '원맨 아카펠라'를 구현한 곡이다. 그 곡을 오마주하여 이승환과 하현우는 수백 번의 더빙을 거쳐 거대한 화음을 쌓는다. 거기에 유재석의 드럼 연주를 더해 무대에 올린 노래의 제목은 〈STARMAN〉.

그는 STARMAN이 되었다.

죽음은 끝이 아니다.

죽은 자의 이야기는 계속된다.

사람들이 그를 기억하기 때문이다.

그의 음악을 계속 듣고 따라 부르며 여전히 궁금해하고 꿈꾸기 때문이다.

고등학교를 졸업할 때까지 나는 책을 거의 읽지 않았다. 『어린 왕자』나 『나의 라임 오렌지 나무』 정도를 겨우 읽었다. 십대 때 나는 '듣는 사람'이었다. 달콤한 사랑 노래보다는 "왜 나를 사랑하지 않아"*라고 묻는 노래가 내겐 더 어울렸다. 쓰디쓴 이별 노래보다는 "눈물 흘리며 몸부림치며 어쨌든 사는 날까진 살고 싶어"**라고 절규하는 노래가 내겐 더 필요했다. 뇌와 몸이 나날이 성장하던 시기, 나는 나를 전혀 알 수 없었고

---

* 자우림 〈파에〉 가사 중.
** N.EX.T 〈절망에 관하여〉 가사 중.

타인은 그저 아득했다. 사랑과 두려움이 유의어였던 그 시기에 신해철과 N.EX.T, 김윤아와 자우림의 음악을 들을 수 있었던 건 큰 행운이고 다행이었다. 그들의 노래를 들으며 나는 외로워했다. 쓰러졌다. 실패했다. 나를 방치했고 폐쇄했고 가느다란 틈으로 엿봤다. 어둠 속에서 빛을 찾았다. 계속 들을 것이다. 이정표 삼을 것이다. 향기처럼 감각할 것이다. 그럼 계속 외로울 수 있다. 방황할 수 있다. 거듭 길을 잃어도 찾을 수 있다. 아니, 만들 수 있다. 어딘가에서 그들의 노래가 흐르기만 한다면.

8
월

처서
處暑

힘들다고
표현하는 방법
배우기

○

여전히 무더운 날들입니다.

잘 지내고 계신가요.

달력을 바라봅니다.

날짜마다 해야 할 일이 적혀 있습니다.

지금까지는 해냈습니다.

앞으로도 해낼 수 있을까요.

처서處暑,

더위가 그친다는 뜻.

선선한 가을을 맞이하는 시기입니다.

여전히 이렇게 뜨거운데, 정말 더위가 끝날까요.

가을이 올까요.

틀림없이 오겠지요.

사람이 환경을 아무리 망치더라도

지구는 23.5°로 기울어진 채

지금도 태양 주위를 힘껏 돌고 있으니.

절기처럼 사람의 일도 그렇다면 좋겠습니다. 때가 되면 더위가 끝나듯, 노력한 만큼 성과가 있고, 모은 만큼 쌓이고, 말한 만큼 전해지고, 배운 만큼 깨닫고, 아픈 만큼 낫고, 살아온 만큼 철이 들고, 사랑한 만큼…… 다음에 쓸 수 있는 단어는 너무 많습니다…… 아프고, 힘들고, 행복하고, 충만하고, 아끼고, 감사하고, 외롭고, 걱정하고, 실망하고, 노력하고, 기대하고, 기도하고, 기다리고…… 슬프겠지요.

'처서비處暑雨'를 들어보셨나요.

처서에 비가 오면 그동안 잘 자라던 곡식도

흉작을 면치 못한다는 속설이 있다고 합니다.

그런 때도 있을 겁니다.

불운이 언제나 나를 피해가진 않을 테니까요.

비가 오면 안 되는 날 폭우가 쏟아질 수도 있을 거예요.

어쩔 수 없습니다.

자연이 나를 괴롭히려고 비를 내리는 것은 아니니까요.

자연은 나에게 관심이 없습니다.

자연은 자기의 일을 할 뿐이고 나는 나의 일을 합니다.

나의 우울을 말한 적이 있던가요.

그것이 없는 나는

구름 한 점 없는 뙤약볕의 광장입니다.

그림자가 없으면 숨을 수도 없어요.

바닷속 깊은 동굴입니다.

빛이 없는 곳에서 어둠은 어둠이길 포기합니다.

나의 우울은

23.5°만큼 기울어진 지구입니다.

기울지 않았다면 생명 또한 없을 테니까요.

나의 버킷 리스트에는 '웃긴 사람'이 있습니다. 언젠가는 정말로 우스운 사람이 되고 싶어요. 진실하고 중요한 이야기는 글자로만 쓰고 소리 내어 말할 때는 누구에게도 상처 주지 않는 사람. 과묵하지만 실없는 사람. 다만 웃긴 사람.

나의 말에 당신이 웃으면 좋겠습니다.
개운하게 웃고 무엇도 기억하지 않기를.

요즘 대화가 부쩍 어렵습니다.
사람을 만나면 긴장합니다.
눈을 마주보기 두려워요.
확신으로 가득찬 말이 무섭습니다.
표정은 굳고 심장은 빨리 뛰고 손이 떨립니다.
나쁜 상상에 갇혀 나의 잘못을 미리 자책합니다.

사람의 말은 부메랑처럼 돌아와 메아리로 맴돌고
고심 끝에 내뱉은 말은 나에게 먼저 상처를 냅니다.

가면을 쓰면 거짓을 말하고

가면을 벗으면 누구도 원치 않는 진실을 말합니다.

이런 내가 까다로워 버리고 싶어요.

꿈에서는 잘못해도 괜찮습니다.

꿈에서 나는 우스운 사람. 슬프지 않은 사람.

꿈속의 나는 나만 알고 있어요.

오랜 잠에서 깨어났을 때 겨울이면 좋겠습니다.

눈물은 자국으로만 남아 나쁜 꿈을 꾸었구나 짐작할 수 있고

외국으로 떠나면 어떨까요. 할 수 있는 말이라곤 하이, 땡큐, 예스, 노, 오케이, 헬프 미, 굿, 쏘리, 웨얼 아이 엠. 완벽한 타인들과 언어 속에서 나는 어떤 거짓도 없습니다. 진실도 없습니다. 도망가지 않습니다. 하고 싶은 말을 마음껏 하더라도 아무도 모르겠지요.

많은 문장을 지웠습니다. 당신에게 좋은 이야기를 전하고 싶었어요. 여름날 무지개처럼 반가운 이야기. 겨울날 난로처럼 따뜻한 이야기. 가을 숲과 봄날 벚꽃처럼……

하지만

아직 울 힘이 남아 있습니다.

아주 우렁차게 울 수 있습니다.

처서에 비가 내려도 곡식은 자랍니다.

어떤 것은 썩고 짓무르고 떨어지겠지요.

그럼에도 자라기를 멈추지 않는 것이 바로 나의 일.

비가 오면 기꺼이 맞이하겠습니다.

흉작을 면치 않겠습니다.

겨울 지나 봄이 오면 다시 땅을 일구겠습니다.

내가 나를 아무리 망치더라도

비스듬히 기울어진 내가 나를 구원할 거예요.

나는 나를 믿어요.

믿지 않는다고 말하지만

마음 깊은 곳에서는 오직 나를 믿고 있어요.

빗속에서 힘껏 울고 다시 일어날 겁니다.

『단 한 사람』을 쓰고 고치던 날들. 창밖으로 바다가 보였다. 때로는 너무 가까워 보였기 때문에 한달음에 달려갈 수 있을 것만 같았다. 헤엄칠 줄 모르니까 뛰어들 것만 같았다. 사람들이 나를 빤히 바라보면 무서웠다. 눈동자에 비치는 내가 폭발할 것만 같았다. 무심코 내뱉는 확신에 찬 말도 무서웠다. 너무 많은 것, 다양한 것, 모호한 것을 한정짓고 확언하는 것만 같았다. '너무 덥다'는 말조차 섣부르게 들렸다. 덥다, 덥다고, 더움의 기준은 대체 뭐지…… 말이 나를 찔렀다. 대단히 잘못되었다는 생각에 지배당했다. 돌이킬 수 없는 말과 행동들. 리셋 버튼을 누르고 싶었다. 어느 날, 사랑하는 사람이 웃으며 나를 바라볼 때, 나는 울면서 비명을 지르듯 호소했다. 제발 그런 눈으로 나를 보지 마. 나는 네 눈이 너무 무서워. 두 손으로 귀를 막고 벌벌 떨던 나.

　나만 사라지면 될 것 같았다. 그럼 완벽해질 것 같았다. 그 누구에게도 상처 주지 않고, 잘못하지 않고, 망치지 않을 수 있는 방법은 그뿐이라는 생각. 내가 나를 해칠 수 있는 방법은 많았다. 집밖은 위험했다. 집은 더 위험했다. 내가 무슨 짓을 저지를까봐 무서웠다. 정말 그럴 것 같은 예감이 들면 꼼짝할 수가 없었다. 멍게보다 지독한 자아가 활개쳤다. 그 자아에는 귀여운 이름조차 붙일 수가 없었다. 이름을 지어주고 호명해버리면 순식간에 덩치를 키워서 나를 잡아먹을 것만 같았다. 나를 먹고 내 행세를 할 것 같았다.

비대면 심리상담을 신청했다. 상담을 시작하기 전에 온라인 심리검사부터 했다. 검사 결과 우울, 불안, 분노 또는 소외감 모두 상위 이 퍼센트. 그제야 나의 상태를 믿을 수 있었다. 발밑이 무너져서 당장 죽을 것만 같다는 느낌은 가짜가 아니었다. '부정적 치료 지표'가 높다는 것 또한 유의미하다고 상담사는 말했다.

이 지표가 높게 나오는 경우에는 심리상담을 신뢰하지 않거나 부정적인 반응을 보이는 사례가 많아요. 당사자는 상담을 받기 싫어하지만 보호자의 강요로 억지로 받는다거나 건성으로 검사에 응했을 때 높게 나올 수 있습니다.

나는 두 경우 모두 아니었다. 자발적으로 상담을 신청했고 그것에 의지하고 싶은 마음이 컸다. 검사지를 작성할 때도 나름 집중했었다. 그런데 왜 높게 나왔지? 나의 가장 지독한 자아가 대활약을 펼친 게 분명했다. 멍게는 기다렸다는 듯 도왔을 것이다. 그리고 나에게는 해초가 있다. 해초는 지독한 자아와 멍게의 활약을 매일 기록했다. 멍게는 근면하고 해초는 성실하다. 내 속에는 내가 너무도 많으니까 나를 사랑하는 나도 어딘가에는 있겠지. 그러나 나를 사랑하는 나의 얼굴을 본 적은 없다. 개는 언제나 나를 등지고 있다. 그래서 나는 개를 'DSTM'이라고 부른다. 'Dark Side of the Moon'의 줄임말이다.

나는 상담사에게 나에게 일어난 에피소드만을 말했다. 나에게 이런 일이 있었습니다, 하고. 상담사는 물었다. 그때 기분이 어땠나요? 난 말을 잇지 못하다가 대답했다. 제 기분은 잘 모르겠어요. 뭐라 설명할 수가 없어요. 나는 마치 소설을 쓰듯 상담에 임했다. 소설에서는 감정을 직접 표현할 필요가 없으니까. 일어난 일을 서술하면 인물의 감정은 독자가 짐작해주니까. 기분을 말하고 싶지 않았다. 짐작해주길 바랐다. 상담사의 짐작으로 내 기분을 확인하고 싶었다. 상담할 때마다 멍게는 나의 잘못을 집요하게 찾아냈다. 잘못에 잘못을 더하는 느낌이었다. 하루를 살았는데 하루가 사라지지 않고 계속 쌓이는 느낌. 멍게는 상담을 자청한 나를 비웃고 상담에 제대로 응하지 못하는 나를 깎아내렸다. 해초는 멍게의 말을 기록했다. 성실하게, 근면하게.

힘들었다.

상담은 그것을 인정하는 시간이었다. 나도 힘들 수 있음을 인정하기. 힘들다고 표현하는 방법 배우기. 그와 같은 표현은 잘못이 아님을 이해하기. 짐작해주길 바라지 말고 먼저 말해야 한다. 상대가 알도록 표현해야 한다. 하지만 나는 나의 말이 지겨웠다. 상담 시간에 말하기보다는 소설을 쓰고 싶었다. 소설을 통해 말하고 싶었다. 내가 만든 인물 뒤에 숨고 싶었다. '낮은 긍정성'을 이야기하던 중에 상담사에게 나의 멍게에 대해 말한 적이 있다(물론 진짜 멍게라고 표현하진 않았다). 상담사는 지레 걱정하고 포기하려는 마음이 어쩌면 스스로를 보호하려는 방법 중 하나일 수도 있다고 말했다. 그럴 수도 있겠구나, 생각하는 순간 멍게가 잠시 힘을 잃었다. 진심을 들켜서 자존심이 상한 것처럼.

『단 한 사람』 출간을 기다리며 초판 한정 이벤트로 쓴 편지가 있다. 그 편지를 이곳에 남긴다.

방금 거센 소나기가 지나갔습니다. 몇 분 동안 쏟아지던 폭우가 거짓말처럼 멈췄어요. 처마 아래로 몸을 피했더라도 옷이 젖는 것까지 막을 수는 없었겠지요. 비를 맞은 사람들은 태연합니다. 언제 비가 쏟아질지 알 수 없는 거리로 다시 나섭니다. 그처럼 당연한 삶이 때로 너무나 놀랍습니다.

저는 제주에 살고 있어요. 이 섬에서 『단 한 사람』을 썼습니다. 소설을 쓰는 동안 바람을 두려워했고 폭우를 겁냈으며 사람을 멀리했습니다. 바람에 의지하고 폭우에 숨어 울고 사람을 사랑했습니다.

이 소설을 통과하며 깨달은 바가 있습니다. 깨달은 대로 살아갈 자신은 아직 없습니다. 하지만 그 방향으로 몸을 조금 틀어놓을 힘은 있어요. 방향을 바꾸니 보이는 풍경이 다릅니다. 바람도, 햇살도, 소리도, 저 멀리 당신 모습도.

다시 폭우가 쏟아집니다. 방이 어두워집니다. 비 그친 뒤 세상은 더욱 선명하게 보인다는 것을 이제는 알아요. 당신이 그곳에서 잘 지내길 기도합니다. 기도하는 마음은 사랑하는 마음. 이 사랑이 당신에게 폭우의 빗방울 하나로 가닿을 수 있길.

나를 위해 소설을 썼다. 내가 살아보겠다고. 그 마음이 너무 힘들어서 지독한 자아와 멍게가 힘을 합쳐 출동했다. 삶을 너무 사랑하는 나를 다잡으려고. 당신을 잃을까 두려워서 먼저 울어버리는 나를 일깨우려고. 멍게의 방법은 잘못되었지만 그 의도는 안다. 멍게는 나를 믿지 못한다. 내게서 나를 보호하려고 DSTM을 미로에 가둬버렸다. 미로에 갇힌 DSTM은 가끔 노래를 불러 자기 존재를 알린다. 그 노래를 해초는 또 성실하게 받아 적는다. 해초가 알려줬다. DSTM은 내가 모르는 곳에 있으니까 잃을 수도 없을 거라고. 본 적 없으니까 더욱 열심히 짐작하며 살 수 있다고. 멍게의 대활약을 기록하던 해초가 말해준 비밀이 하나 있다. 내 속에는 내가 너무도 많아서 당신에게 쉴 자리를 내어주는 나 또한 있다*고 했다. 해초는 그런 나를 '의자'라고 부른다.

---

* 시인과 촌장의 〈가시나무〉 가사 중 일부 "내 속엔 내가 너무도 많아 당신의 쉴 곳 없네"를 변주함.

9
월

백로
白露

우주는 아무것도
버리지 않는다

○

지난여름,

당신은 어떤 기억을 새로 가지셨나요.

먼 훗날 당신이 문득 미소 지으며

"그해 여름 기억나?" 하고 물어볼 때

우리의 표정이 닮아 있다면 좋겠습니다.

9월입니다.

가을이 오겠지요.

카디건과 머플러를 미리 꺼내둘까요?

이제부터 태양이 저물고 어둠이 내리면

대지는 빠르게 식을 겁니다. 대지가 식을수록 식물은 차가워
지고

이슬점 밑으로 온도가 내려가면

서늘한 이들 주변으로 수증기가 모일 거예요.

흰 이슬, 백로白露.

어둠 속에서 작은 물방울이 맺히겠지요.

새벽녘 이슬을 생각합니다.

'미라클 모닝'을 들어보셨나요.

남들보다 조금 일찍 잠에서 깨어

자기만의 시간을 가질수록 달라지는 삶.

당신의 새벽은 어떤가요.

잠을 이루지 못하다가 밝아오는 창을 바라보며

낙담하던 시절도 있었습니다.

아직 어제를 끝내지도 못했는데 오늘이 시작됩니다.

숙제가 쌓이고 있어요.

그때 나는 너무나도 젊어서

눈앞의 문제를 당장 해결해야만 한다고 믿었습니다.

어떤 감정은 시간에게 맡길 수 있습니다.

보이지 않는 곳에 일단 넣어둘 수 있어요.

냉동실에 넣어서 꽝꽝 얼려도 좋을 겁니다.

우선 나를 보살피고 시간이 흐른 뒤 꺼내본 감정은

예전에 알던 것과 다를 수도 있습니다.

사랑인 줄 알았지만 결핍.

분노인 줄 알았는데 슬픔.

열망 아닌 외로움.

뜨거운 불이 꺼진 자리에

돌멩이처럼 남아 있는 차디찬 얼음.

이슬은 맑은 밤에 훨씬 많이 맺힙니다.

이슬이 맺히는 온도를 생각합니다.

사람의 마음이 식어버리는 순서와

이별의 온도를 생각합니다.

맑은 하늘에 별이 보입니다.
별이 빛나는 우주는 점점 더 차가워집니다.
빛의 속도로 헤어집니다.
다시 만날 수 없습니다.

슬픔의 온도를 생각합니다.

백로에 내리는 비는 풍년의 징조라고 하지만,
이 무렵은 장마 걷힌 후 맑은 날이 이어지는 때.

비가 좀처럼 내리지 않는 이즈음,
맑고 차가운 어둠 속에서 고요히 맺히는 이슬은
식물과 작은 생명들에게 매우 소중합니다.
자연은 언제나 자연의 일을 합니다.

새벽까지 잠들 수 없는
슬픈 사람의 차가운 마음에

깨끗하고 시원한 작은 물방울이 모입니다.

밤하늘의 별은 지금도 멀어지고 있겠지요.

어차피 우리 모두 멀어지고 있으니
더 멀어지기 위해 애쓸 필요 없다고
그 새벽의 나에게 전할 필요는 없을 거예요.

어느 새벽, 홀로 울고 있다면
이슬을 모은다고 생각해주세요.

그리고

우리의 아침은 언제나 기적이라고
나는 여전히 믿고 있어요.

잠들지 못한 날들이 있었다. 그래서 술을 마시기 시작했다. 어떤 밤은 술을 마셔도 잠을 잘 수 없었다. 그래서 먼 곳의 절을 찾아간 날이 있다.

오래 뒤척이다 포기하고 눈을 떴다. 주섬주섬 짐을 챙겨 집을 나섰다. 적당히 싸늘한 공기. 집집이 달린 배수구에서 물 흐르는 소리가 났다. 새벽부터 일상을 시작하는 사람들. 잠들기 위해 애쓸 필요가 있었을까, 생각했다.

영월 사자산 남쪽의 법흥사에 도착했다. 오르막길을 오르며 약사전과 적멸보궁을 둘러봤다.

적멸보궁엔 어째서 불상이 없는 거죠?

법흥사는 부처님의 진신사리를 모신 곳입니다. 진신사리와 부처님은 동일체이기에 불상이 필요 없지요.

나를 보여주려고 애쓴 적이 있다. 당신 앞에 나타나 울고 외치고 가로막았었다. 그때 당신에게는 내가 없었으니까. 적멸보궁은 '온갖 번뇌 망상이 적멸한 보배로운 궁'이란 뜻이다. 아마도 나는 당신의 번뇌와 망상이라도 되고 싶었던 것 같다. 당신을 괴롭혀서라도 여기 내가 있음을 주장하고 싶었겠지.

약사전으로 올라가는 계단 옆에 적혀 있던 문장.
"약사여래부처님은 사람들의 온갖 아픔을 고쳐주시고 오래 살도록 해주시며, 재난과 근심을 없애주시고, 옷과 음식을 많이 주어 잘살 수 있도록 해주시며, 부처님의 진리를 잘 실천하여 깨달음을 얻을 수 있도록 해주시는 부처님입니다."
사람이 사는 동안 무엇을 두려워하는지 알 수 있었다.

저녁 공양으로 비빔밥을 먹었다. 공양을 드리기 전까지는 배고픈지 몰랐는데, 거의 두 그릇 가까이, 평소보다 훨씬 많이 먹었다. 그런데도 배부르지 않았다. 따뜻한 방바닥에 누워 잠시 눈을 붙였다가 일어나니 밤이었다. 노랗고 하얀 별이 돋아 있었다. 고등학생 때는 매일 밤하늘을 올려다보며 각 계절의 대삼각형을 찾아내곤 했다. 그래야만 하루가 완성되는 기분이었다. 도시에 살면서 그 습관을 자연스레 버렸다. 때로는 별이 그곳에 있다는 사실조차 잊고 살았다. 그러다 가끔 고향에 내려가 별을 보고는 깜짝 놀라 생각했다. 아, 별이 있구나.

내가 찾지 않을 뿐 별은 늘 거기 있다. 심지어 무수하다.

약사전에 올라가 백팔배를 했다. 절을 할 때는 숫자에만 집중하려 애썼다. 백팔배를 마친 뒤 어둠 속에 가만히 앉아 생각했다. 수면을 가로막는 나의 아픔과 재난과 근심들. 풀리지도 않고, 사실은 풀고 싶지도 않았던 마음의 매듭. 그 매듭에 걸려 넘어지길 기다렸다가 아주 드러누워버렸던 나. 약사전에 머무는 동안 밤하늘은 청량한 검은빛에서 희뿌연 잿빛으로 변했다. 서서히 몰려오던 밤안개. 별은 차차 보이지 않았다.

자정 넘어 잠들었다가 새벽 예불 시간에 눈을 떴다. 고요하고 어두웠다. 시간이 호수처럼 고여 있는 느낌. 적멸보궁으로 올라갔다. 부지런한 사람들이 보궁에 가득했다. 청량한 새벽 '온갖 번뇌와 망상이 적멸한 보배로운 궁'에 사람들이 모여 앉아 '큰 깨달음으로 열반에 이르는 부처님의 가르침'을 한목소리로 읊었다. 번뇌와 망상이 소멸하면 보배로워질까? 번뇌와 망상이 있어도, 아니 그것이 있어서 보배로운 것 아닐까?

나는.
나는.
나는.

결국 나를 버리지도 나에게서 빠져나오지도 못했다. 어디에서도 언제라도 나의 그 어떤 조각도 버릴 수가 없었다. 그래서 잠을 못 자면 괴로웠다. 나를 버리는 시간이 사라지는 거니까. 두 시간 넘게 예불을 드렸다.

아침 여덟시쯤, 예불을 드렸던 그 자리에서 다시 백팔배를 했다. 도무지 버려지지 않는 욕심. 제행무상. 인다라망. 인연. 슬픔. 영원할 수 없는 것. 변하는 것들. 나는 안개 낀 내 마음이 편하다. 적당히 안 보이면 좋겠다. 차가운 상태에서는 울 수 있다. 너무 뜨거우면 울 수도 없다. 번뇌는 그것을 견뎌내는 마음과 함께 온다. 안개를 걷어내고 반짝이는 별을 확인하기보다 안개 속에서 별을 상상하는 시간이 필요할 때도 있다.

경상북도 영주시의 부석사에 자주 가던 시절이 있었다. 십대 후반과 이십대 초반에는 나와 이름이 같은 친구와 함께 갔다. 그 친구를 따라서 무량수전에 처음 들어가봤다. 친구가 내게 삼배하는 방법을 가르쳐줬다. 친구를 따라 서툴게 절을 하고, 고요한 법당에 가만히 앉아서 조금은 불행한 마음으로 불상을 바라보고 있자니 무언가를 빌어야겠다는 생각이 절로 들었다. 나는 내 옆에 앉아 있던 친구의 행복과 평화를 기원했다. 그날 이후 성당에서도 절에서도 그 친구의 행복을 빌었다. 타인을 위한 최초의 기도. 거의 칠 년 넘게 그의 행복을 기원했고 기도는 결국 이루어졌다. 그가 욕심을 버리지 않았기 때문이다. 행복하려 애썼고, 나이들수록 행복의 기준이 바뀌었으며, 우리가 변했기 때문이다. 영원한 건 없다는 것, 그건 내게 희망에 가깝다.

멀어지고 있다. 팽창하고 있다. 잠시도 멈추지 않는다. 매 순간 새롭다. 「마태오 복음」 6장 34절. "그러므로 내일을 걱정하지 마라. 내일 걱정은 내일이 할 것이다. 그날 고생은 그날로 충분하다." 내일은 오늘이 된다. 어떤 걱정은 딱 그만큼 멀리

둘 수 있다. 우주에서는 멀리 있을수록 더 빨리 멀어진다. 멀어질 뿐이다. 버리지 않았다. 우주는 아무것도 버리지 않는다.

번뇌를 버릴 수 없다. 그것을 품고도 충분해지고 싶다. 여전히 나의 번뇌를 사랑한다. 그것 없이는 나도 없다. 나는 아직 아무 고통도 겪지 못했다.

9
월

추분
秋分

우리는 이렇게
애쓸 수 있다고, 애써야 한다고,
우리는 사람이니까

○

제주의 바람은 조금씩 선선해지고 있습니다.

바다의 색도 하루씩 짙어지고,

하늘은 매일 다른 모습으로 아름다워요.

가을이 부쩍 다가왔습니다.

일 년 동안 낮과 밤의 길이가 같은 날은 이틀입니다.

춘분 春分과 추분 秋分.

두 날의 기온을 비교해보면

추분이 춘분보다 십 도 정도 높다고 합니다.

여름의 열기가 남아 있으니까요.

우리의 여름은 아직 가까이 있어 서서히 멀어질 겁니다.

낮과 밤의 길이가 같은 날은 계절의 분기점.

겨울과 봄이, 여름과 가을이 절반씩 뒤섞인 하루.

태양빛을 반사하여 밝은 보름달과
반대편의 어둠을 생각합니다.

어릴 때는 어른이 되고 싶지 않았습니다. 불행해 보였거든
요. 어른들은 나의 미래를 비관하는 말을 서슴없이 했습니다.
'여자애가' '여자가' '여자는'으로 시작하는 어떤 말들을

여자아이는 칭찬인 줄 알고 받아먹었고

그것은 여태 소화되지 않은 채
돌덩이처럼 몸속을 굴러다니며
허리를 꺾고, 무릎을 꿇리고, 엎드리게 만들고
그렇게 웅크린 채로 나는

너무 오래 살았다는 생각을……

명절이면 많은 가족이 모였습니다. 나는 어릴 때부터 여자
어른들과 전을 부쳤고, 송편이나 만두를 빚었습니다. 내 또래
의 남자아이들은 자기들끼리 뭉쳐서 '남자답게' 놀았지요. 어

른들 틈에서 일하는 여자아이를 말리거나 '너도 나가서 놀아라' 말하는 사람은 없었고

그들은 말했습니다.
참하구나. 착하다. 곱다. 백옥처럼 예쁘다. 참 야무지다.
여자답구나.

나에게 돌을 줍니다. 맛은 없어도 몸에 좋다고 합니다. 이가 으스러질까봐 꿀꺽 삼킵니다. 몸이 점점 무거워져 달아날 수가 없습니다. 돌아보지 말라는 금기를 어긴 며느리처럼 여자아이는 그 자리에서 살아 숨쉬는 돌이……

아무도 나에게 전을 부치라고 강요하지 않았습니다. 그런데도 나는 어째서 그 일을 했을까요. 그것이 여자의 일이라고 생각했을 겁니다. 언제나 여자들이 그것을 했으니까요. 음식을 하지 않는 여자는 이상하고 나쁘고 이기적이라는 말을 들었기 때문입니다.

여자아이는 당연하고

남자아이는 대견합니다.

이젠 모두 옛날이야기인가요.

어릴 때부터 쌀을 씻어서 밥을 안치고 식칼을 쥐고 감자를 썰어서 달달달 볶았습니다. 시키지도 않은 설거지를 했습니다. 엄마가 힘들어 보여서요. 돕고 싶으니까요. 사랑하니까요. 나의 엄마를 지키기 위해 참하고 착한 여자아이가 됩니다.

엄마는 나를 말리지 않습니다.

금기를 어기지 않은 엄마는 돌이 되지 않았지만
한 걸음 한 걸음이 무거워 바위처럼 그 자리에 멈추고
여자의 일을 하지 않는 나를 이상한 여자라고 생각하는 여자.

이젠 정말 옛날이야기인가요.

얼마 전 크게 넘어졌습니다.
누군가가 놀란 표정으로 천천히 다가왔고
나는 그를 바라보며 먼저 말했습니다.

괜찮습니다.

무릎을 문지르며 생각했습니다.

사람들에게 내가 보이는구나.

넘어지면 아프다는 것을 모두 알고 있구나.

누군가가 넘어지면 대화를 멈추고 살펴보는 것.

괜찮은가 확인하려는 마음.

당연한가요.

그것이 당연하다면

그와 같은 당연함이 나는 매번 놀랍고

울고 싶어집니다.

그리고

어떤 당연함은 나를 넘어뜨립니다. 일어설 수 없도록 짓누
릅니다. 죽은 사람처럼 만듭니다. 그대로 굳어버릴 것만 같은

몸을 안간힘을 다해 일으키며 그들에게 묻습니다.

괜찮으신가요.

무릎에는 붉고 푸른 멍이 남아 있습니다.

넘어졌음을 기억하도록 하는 멍.

시간이 지나면 사라질 멍.

흉터로 남지 않을 멍.

나의 멍. 나의 분기점.

빛과 어둠이 절반씩 섞였으나 더 많은 온기를 품은

가까이 있기에 서서히 멀어질 수도 있는

사랑하는 나의 엄마.

믿을 수 없겠지만

지금 이대로 난 정말 괜찮아요, 엄마.

페미니스트 맞습니다. 어쩌다 페미니스트가 되었느냐고 묻는다면 되묻고 싶군요. 당신은 페미니스트인가요? 그렇다고 대답한다면 우리 나눌 이야기가 꽤 많을 거예요. 아니라고 대답한다면 되묻겠습니다. 당신은 어쩌다 페미니스트가 되지 않았나요?

1981년 한국 사회에서 '여자아이'로 태어나 '여학생' '여대생'으로 자라서 아주 가끔 '여류 작가'로 분류되는 나는 페미니스트가 되지 않을 수 없으며 여전히 가부장제 질서 아래 살고 있다. 1950년대에 태어난 아버지를 설득할 수 없고 어머니를 이해하기 때문이다. 1980년대에 태어난 오빠와 페미니즘 관련 대화를 나눠본 적은 없고 앞으로도 없을 것 같다. 자진하여 가부장제로 들어가기 싫어서 결혼도 안 하려고 했지만, 결국 해버렸다. 사랑하는 마음이 더 컸기 때문이다. 네가 여자로 태어나 대체 어떤 차별과 폭력을 겪었느냐고 묻는다면 지금까지 쓴 소설을 보여준 다음 앞으로 쓸 소설도 기대해달라고 대답하겠다.

2019년에 출간한 『이제야 언니에게』의 주인공 이제야는 성폭력 피해 생존자다. 그 소설을 출간한 뒤 잡지 『문학3』에 실었던 글을 이곳에 남긴다.

죄책감, 타인들, 고통

『이제야 언니에게』는 친인척에게 성폭행을 당한 '이제야'의 십대와 이십대를 담은 소설이다. 방금 나는 '친인척에게 성폭행을 당한 이제야'라고 썼다. 제야를 이렇게 소개할 수밖에 없어서 참담하다. 소설에서도 제야는 자기를 바라보는 시선에 갇혀 괴로워한다. 누군가의 기억에서 자기 존재와 성폭행이란 단어가 나란히 떠오를 것을 직감하며 절망한다. 제야는 일기장에 이렇게 적는다. "나도 그렇게 되었다. 소문 속 그 여자애가 되었다." 소설 막바지에 제야는 동생 제니에게 편지를 쓴다. 그 편지에는 이런 문장이 있다. "그러니까 제니야, 이게 다 무슨 말이냐면, 나는 살고 싶다는 말이야. 아무 일 없었던 것처럼 살고 싶단 말이 아니야. 그런 일이 있었던 나로, 온전한 나로, 아무 눈치도 보지 않고, 내 편에 서서, 제대로 살고 싶단 말이야." 제야는 성폭행을 자기 삶에서 도려낼 수 없다는 사실을 받아들인다. 그 사건을 없애버리면 지금의 자기를 설명할 수 없다는 것을 이해한다. 하지만 나는 여전히 제야를 소개할 때마다 망설인다. 나는 '성폭행'이란 단어를 사용하지 않고 제야를 소개하고 싶다. 글쓰기를 좋아하는 이제야. 외국어에 관심이 많은 이제야. 밤하늘의 별자리를 금방 찾아낼 수 있는 이제야. 방송반에 끝까지 남고 싶었던 이제야. 방금 쓴 문장들은 성폭행을 당하기 전의 이제야를 소개하기에 적합하다.

나는 소설에서 이제야를 '성폭행을 당한 여자'로만 소모하고 지금 이 글에서도 제야를 그런 식으로 이용하고 있는 것은 아닐까? 그런 짓을 하고 있는 것만 같아 언제나 두렵다. 가능하다면 제야에게 물어보고 싶다. 제야야, 내가 너를 어떻게 소개하면 좋을까. 실제로 나는 소설을 쓰는 동안 두렵고 어렵고 나아갈 수 없을 때마다 제야에게 마음으로 숱하게 물었다. 이제야, 내가 이렇게 써도 될까? 이제야, 이건 쓰지 않는 게 좋을까? 이제야, 이 사람들의 말을 정말 써도 될까? 이제야, 너의 마음을 이런 식으로 표현해도 될까? 미안해. 제야야, 내가 정말 미안해. 나는 제야의 대답을 한 번도 듣지 못했다. 제야는 소설 속 인물이니까. 하지만 제야를 내가 만든 인물이라고 생각하지는 않았다. 세상에 이제야는 너무나도 많으니까. 매일 성범죄 뉴스가 올라온다. 직장 상사가, 아버지가, 친척이, 선생이, 선배가, 처음 만난 사람이, 동료가, 친구가, 현재 애인이, 헤어진 애인이 여자를 협박하고 성희롱하고 성폭행했다는 뉴스. 매일 그런 뉴스가 올라오는데도 사람들은 성범죄 피해 생존자가 주변에 없는 것처럼 말하고 행동한다. 성범죄를 저지른 남자는 '그럴 사람이 아닌데'란 소리를 듣고 성범죄를 당한 사람은 순식간에 '이상한 여자' '예민한 여자' '꼬투리를 잡는 여자' '노리는 게 있는 여자'가 된다.

출간 뒤 "소설을 쓰면서 힘들었을 것 같다"는 질문을 들었다. 나는 "실제로 그런 고통을 겪는 사람들이 있는데, 고통을 글로 옮겨 적는 걸 힘들다고 말하면 안 될 것 같다"고 대답했다. 아주 납작한 대답이라고 생각했지만 그렇게 표현할 수밖에 없었다. 소설을 쓰는 것보다 쓰지 않는 게 더 힘들었다. 이제야의 이야기를 쓰지 않고는 다음으로 나아갈 수가 없었다. 나는 지금 고통이란 단어를 생각한다. 글자에 갇힌 '고통'의 답답함을 생각한다. 제야처럼 "그것이 전부는 아니"라고 생각한다. 나는 때로 상상한다. 글자에 갇힌 감정이 폭발하듯 글자를 부수고 나오는 상상. 그것을 실현시키려고 글을 쓰는 것만 같다. 일부러 글자에 무언가를 가두는 것만 같다. 나는 나의 문장이 파괴되길 바란다. 점잖은 문장이 산산이 부서져 의미와 감정이 책 밖으로 솟구치길 바란다. 그것이 당신에게 닿길 바란다.

어떤 장면을 쓸 때는 제야가 책을 부수고 나오길 바랐다. 폭발하듯 튀어나와 나를 잠깐 바라보고 아주 멀리까지 달려가길 바랐다. 소설 속에서 제야는 수차례 '강해지고 싶다'고 되된다. 그건 나의 바람이기도 했다. 나는 강한 사람이고 싶었다. 나는 강하지 못한 존재니까 제야에게 배우고 싶었다. 제야는 무너지지 않고 나의 바람을 지켜줬다. 제야는 자기를 지키는 방법으로 나를 지켜줬다. 나는 제야에게 정말 많은 것을 바랐다.

제야의 고통을 글로 적으며 나는 힘들었던가? 소설을 쓰는 동안 나는 확실히 제야 곁에 있다고 느꼈다. 제야가 보는 것을 보고 제야가 듣는 것을 듣는 것만 같았다. 내가 제야처럼 느낀다는 착각에 자주 빠지기도 했다. 우리가 지금 뭘 어떻게 할 수는 없지만 최소한 제야와 내가 같이 있다는 것. 그런 느낌은 내게 위로를 줬다. 고통이 위로보다 컸다면 글을 쓸 수 없었을 것이다. 그래서 나는 죄책감에 빠졌다. 실제로 나는 제야와 함께 있지 않았으니까. 제야는 홀로 겪었고 홀로 견뎠으니까. 나는 지켜보는 자. 제야의 삶을 글로 쓰면서 제야와 함께 있다고 기만하는 것도 부족해 제야에게 위로 따위나 구하는 한심한 사람. 맞서 싸우는 대신 미안하다고 말하는 사람. 나는 피해자에게 책임을 묻지 않았던가? 걱정하는 척 의심하지 않았던가? 글을 쓰면서 나는 죄책감과 싸웠다. 죄책감은 고통인가? 어떤 죄책감은 자기방어에 가깝다. 나는 힘들었다고 말할 수 없었다.

출간 뒤 어느 인터뷰에서 나는 말했다. '이 소설이 불편할 수도 있지만 많은 사람이 봤으면 좋겠다'고. 지금은 후회한다. '이 소설이 불편할 수도 있지만'이라고 말하지 말았어야 했다. 제야 곁에서 같은 방향으로 세상을 바라보고 싶어서 소설을 써놓고도 그 인터뷰 현장에서 나는 제야의 이야기를 불편해할 사람들부터 생각했다. 이제야의 이야기가 불편한 사람들은 누구인가. '불편'이란 단어는 적절하지 않았다. 그건 제야 입장에서 할 수 있는 말이 아니다. 제야라면 이렇게 말했을지도 모른다. 나의 이야기를 읽고 당신은 고통스러울 수도 있다. 나는 고통을 느끼는 당신을 믿고 싶다.

『이제야 언니에게』를 읽고 제야를 이해할 수 없다고 말하는 사람이 있다면 나는 말없이 가던 길을 가겠다. 그가 정말 제야를 이해 못하는 것인지 이해하기 싫은 것인지 고민하지 않을 것이다. '공감은 하지만 과장이 심한 것 아닌가'라고 말하는 사람이 있다면 부디 그의 안전한 세상이 계속 유지되길 기원하겠다. 만약 제야에게 화를 내는 사람이 있다면 일단 그 이유부터 들어볼 것이다.

　그리고

제야를 조롱하거나 무시하거나 비아냥거리는 사람이 있다면, 그들이 죽어서 갈 영원한 지옥을 확신하기 위해서라도 신을 믿을 것이다. 그들에게 결코 잊을 수 없는 모멸감을 안겨줄 수만 있다면 나는 뭐든지 할 것이다.

나는 생각한다. 성범죄 피해자를 조롱하는 사람을. 가해자의 입장에서 사건을 재구성하는 사람을. 죄는 미워해도 사람은 미워하지 말라고 말하는 사람을. 남자에게만 앞길과 생계와 꿈과 가족이 있다고 믿는 사람을.

나는 생각한다. '초범'과 '선처'라는 말의 연관성을. 피해자가 또 나오기를 기다려보자는 뜻인가? 피해자의 죽음을 당연하게 받아들이는 사람과 가해자의 죽음에는 의문과 연민을 먼저 드러내는 사람을 생각한다. '왜 이제 와서'라는 말의 폭력성을 모르는 사람을, "이래서 여자는 안 된다"는 말의 몰염치함과 그런 말을 지껄일 수 있는 권력을 생각한다.

나는 생각한다. 남자가 여자를 죽이면 '우발적·충동적 살인'이고 여자가 남자를 죽이면 '치밀하게 계획된 살인'이라고 쓰는 법조인과 언론인을. 자기를 무시했다는 느낌만으로 남자가 여자를 죽였다는 뉴스를 보면서 "그럴 수도 있다"고 말하는 사람을. 가정폭력에 시달리다 생명의 위협을 느껴서 남자를 죽인 여자에게는 "그럴 것까진 없지 않느냐"고 말하는 사람을 생각한다. 남자는 그럴 수 있지만 여자는 그러면 안 된다는 숱한 경우를 생각한다. 그 모든 발언 밑에 깔린 '감히 여자가'란 경멸을 생각한다.

이제야를 성폭행한 친인척은 소설 말미에 시의원이 되겠다고 나선다. 어른들은 "그런 사람이 시의원을 해야 한다"고 말한다. 가해자에게는 티끌인데 피해자에게는 낙인이자 올가미인 성범죄를 생각한다. 이게 말이 되는 문장인가? 우리는 이런 세상에 살고 있다. 이런 세상의 구성원으로서 나는 죄책감과 분노와 무기력을 느낀다. 나는 가해자다. 나는 방관자다. 나는 피해자다. 나는 죽을 수도 있었다. 나는 내가 왜 살아 있는지 알 수 없다. 나는 생존자다. 나는 이제야의 이야기를 쓰지 않을 수가 없었다.

나는 '타인의 고통을 재현하는' 소설을 썼다. 하지만 내가 쓰고 싶었던 건 고통만은 아니었다. 확고한 제야의 자리를 만들고 싶었다. 제야가 쉽사리 꺼내지 못하는 말을 마음껏 할 수 있는 자리를. 분노하고, 욕하고, 울고, 걱정하고, 겁내고, 우울감에 빠져 자기를 미워하고 비하해도 괜찮은 자리를. 제야를 위해 애쓰는 존재를 제야의 곁에 두고 싶었다. 우리는 이렇게 애쓸 수 있다고, 애써야 한다고, 우리는 사람이니까 그래야만 한다고 쓰고 싶었다. 제야는 매일매일 그날의 기억과 싸워야 했다. 분명한 가해자와 가해자를 두둔하는 사람들과 제야의 책임을 묻는 사람들, 제야를 어린 여자애라고 무시하고 의심하는 사람들과 싸워야 했다. 그리고 제야는 자신과도 싸워야 했다. 제야는 어째서 자기에게 그런 일이 일어났는지 알 수 없어서 고통스러웠다. 그런 일을 겪지 않는 사람도 있는데 자기는 그런 일을 겪었으니 결국 자기 탓이 아닌가 계속 되물었다. 나는 제야에게 '그런 생각은 하지 마'라고 말하고 싶지 않았다. 어떤 생각이든 해도 괜찮은 자리를 마련하고 싶었다. 나는 제야에게 듣고 싶은 말이 많았다. 제야에게 꼭 건네고 싶은 말이 있었다. 그런 것을 소설로 쓰고 싶었다.

성폭행 피해자를 조롱하고 성폭행 가해자에게 감정이입을 하는 사람이 있을까? 분명히 있다. 아주 많다. 그런 사람이 없다면 '텔레그램 N번방 성범죄'도 존재할 수 없다. N번방 가입자만 이십육만 명이라고 한다. 그 뉴스를 보며 분노하는 사람에게 남녀 갈등을 조장하지 말라며 더 크게 분노하는 사람들이 있다. 그런 사람들이 『이제야 언니에게』를 읽을 경우를 생각한다. 그들은 이제야의 고통을 모를 것이다. 이해하지 못할 것이다. 그들은 분명 피해자에게도 잘못이 있다고 생각할 것이다. 성폭행을 문제 삼지 않고 피해자의 행동이나 태도, 피해자의 나이, 피해자의 성별 자체를 문제 삼을 것이다. 그런 사람이 참담하리만치 많다.

그리고 세상에는 이런 사람들이 있다. 소설 속 고통을 마주보기 힘들어서 선뜻 책을 펼칠 수 없었지만 제야와 함께한다는 마음으로 끝까지 읽었다는 사람들. 그 리뷰를 보고 나는 또 제야에게 말을 걸었다. 제야야, 여기 봐. 이 사람들의 글을 봐.

제야는 대답이 없다.

제야는 매일 성범죄 뉴스가 올라오는 세상에 살고 있다. 드러나지 않는 범죄가 훨씬 더 많을 세상. 나는 당장 오늘밤에 길을 걷다 끌려가서 성폭행을 당하거나 칼에 찔려 죽을 수도 있다. 누군가 나를 미행해서 현관문이 닫히기 전에 나를 공격할 수도 있다. 비동의불법촬영물이 돌아다니는 어느 사이트나 누군가의 휴대폰 사진첩에는 나와 관련된 무언가가 있을 수도 있다고 늘 생각한다. 이것은 명백히 타인의 고통인가?

『이제야 언니에게』 마지막 부분에 다음과 같은 문장을 썼다. "제야의 신은 일을 일어나게 하거나 일어나지 않게 하는 존재가 아니었다. 지켜보는 존재였다. 원망을 듣고 미안해하고 괴로워하는 존재였다. 그저 그것만을 할 수 있는 존재라면, 제야는 신을 믿고 싶었다." 소설 또한 그와 같은 일을 할 수 있다고 나는 믿는다. 『이제야 언니에게』나 『해가 지는 곳으로』를 읽은 독자 중에는 소설 속 성폭행 장면의 묘사가 꼭 필요했는가 묻는 사람도 있었다. 소설을 쓰던 당시에는 필요하다고 생각했다. 지금은 후회한다. 드러내지 않고도 전할 수 있는 방법을 고민해야 했다. 더 많이 배워야 한다. 소설을 쓰면서 깨우쳐야 한다. 나아가야 한다. 소설은 그것을 가능하게 할 것이다.

10
월

한로
寒露

비가 오면
한 사람의 어깨만 젖는다

○

머칠 사이 기온은 내려가고 아침저녁 바람은 쌀쌀합니다.

어제는 선풍기를 넣었고 오늘은 담요를 꺼냈습니다.

곧 푸른 잎 물들고 노을처럼 찰나의 가을이겠지요.

잘 지내고 계신가요.

한로寒露,

이제 이슬은 찬 공기를 만나 서리가 되겠지요.

서리는 얼음. 얼음은 추위. 추위는 겨울.

이슬처럼 작은 것에서부터 조금씩 겨울은 시작됩니다.

당신의 가을은 어디에 있나요.

나의 가을은 바람입니다. 선뜻 불어오는 메마른 향기. 따뜻
한 커피가 담긴 잔의 온기. 차가운 손. 추운 목. 덜컥 다가오는

저녁. 기나긴 밤. 무릎 위에는 담요가 있고 손을 뻗으면 시詩가 있습니다. 서서히 오리온자리가 올라올 거예요. 큰개자리의 시리우스는 너무나도 뜨거워 창백합니다. 사람 사이를 오가는 다정한 말,

감기 조심하세요.

나의 가을은 이소라님의 목소리에도 있습니다. 이 편지에 그의 노랫말만 적어도 좋을 텐데요. 〈나를 사랑하지 않는 그대에게〉 〈시시콜콜한 이야기〉 〈별〉 〈바람이 분다〉 〈내 곁에서 떠나가지 말아요〉 〈사랑이 아니라 말하지 말아요〉.

나의 가을은 낮은 곳으로 흘러갑니다.

'철이 든다'는 말은 절기의 말이란 걸 아시나요. 농사를 지으려면 절기의 흐름을 잘 알아야 하고, 농민으로서 절기를 아는 것을 '철을 안다' '철이 났다'고 표현했으니 그것은 곧 어른이 된다는 뜻.

어른은 어떻게 되는 걸까요.

한동안 나의 소설에는 옳지 않은 어른이 등장했습니다. 부모는 매번 사라지고 아이들만 남아서 서로를 다시 배신합니다. 집을 떠납니다. 주먹을 꼭 쥡니다. 웃지 않습니다. 뒷모습만 보여줍니다. 감추려 해도 저절로 가득 차오르는 사랑. 줄곧 없는 사랑을 보여주기 싫어서 아이는 화를 냅니다.

사랑은 아이의 약점.

절대로 사랑을 들키면 안 돼.

아이는 언제 어른이 되었을까요.

사랑을 들키지 않으려고 집요하게 노려봅니다. 사랑의 참혹하고 지독한 면을, 사랑이 사람을 어떻게 어디까지 파괴시킬 수 있는지, 지옥으로 끌어당길 수 있는지, 사랑이 얼마나 어처구니없는 것인지 밝혀내기 위해, 사랑에 빠져들지 않으려고 사랑을 파헤칩니다.

소설에 등장하는 이모 역시 먼저 떠나는 어른.

그러나 이모는 아이들을 돌아보며 말합니다.

잊는 건 내 몫이 아니다.

마지막으로 덧붙입니다.

니들 걱정은 내가 한다.

사랑을 이기려고 시작한 글쓰기는

완벽하게 패배하며 끝나고

파일명 '너의 의미'는

『구의 증명』으로 태어납니다.

행복하자고 함께하는 사랑이 아닌,

불행해도 괜찮으니까 함께하자는 사랑에게

나는

졌습니다.

그렇게 어른이 됩니다.

먼저 떠나더라도 잊지 않는 존재.

걱정을 책임지는 사람.

사랑에게 흔쾌히 지고 웃는 패배자.

이후 나의 사랑은

당신의 뒷모습을 바라보는 눈.

당신의 혼잣말을 기억하는 귀.

당신의 잠꼬대를 간직하는 숨.

당신의 외로움을 껴안는 어둠.

끝까지

기꺼이

당신에게 지는 유일한 사람이 되겠습니다.

사랑하므로

어른이 되겠습니다.

결코

사랑이 아니라 말하지 않을 겁니다.

『구의 증명』에 관한 질문을 받으면 대답한다.

"그 소설은 '사랑과 한번 싸워보자'는 마음으로 시작했어요. 사랑이 마냥 행복하고 아름답고 반짝이는 것이라면, 사랑이 언제나 나를 더 나은 사람으로 만든다면 사랑하지 않을 이유가 없어요. 하지만 아시잖아요. 그렇지만은 않잖아요. 사랑 때문에 괴롭고 절망하고 지옥을 경험하기도 하죠. 어떤 사랑은 나를 최악의 존재로 만들기도 합니다. 사랑 때문에 불행해질 수도 있음을 보여준 뒤 '그래도 사랑하겠다'라고 말하는 게 더 설득력 있다고 생각했습니다."

『구의 증명』을 쓰던 2015년의 1월을 기억한다. 그때 우리는 좁은 방에서 내내 함께 있었다. 아침에 눈을 떠서 겨울의 이른 석양이 내릴 때까지 나는 일인용 의자에 앉아 소설을 썼고 당신은 나의 맞은편에서 게임을 했지. 그때 나는 젊었고 당신은 어렸다. 나는 절박했고 당신은 머물렀다. 나는 예민했고 당신은 까탈스러웠다. 나는 사랑을 의심했다. 사랑이 두려웠다. 하지만 당신이 필요했다. 당신이 내 곁에 머무르길 바랐다. 서로에게 상처를 주며 싸우던 어느 날 나는 말했다. 난 네가 화를 내면 무서워. 당신이 대답했다. 나도 네가 화를 내면 무서워. 우리는 서로를 무서워하고 있었다. 그 사실을 알았으므로 당신과는 헤어질 수 없으리라고 예감했다.

바깥이 어두워지면 같이 집을 나가 강변을 걸었다. 손을 잡고 걷다가 또 싸웠다. 나는 당신이 미웠다. 일부러 화를 돋우면서 나를 시험에 빠트린다고 생각했다. 다른 사람의 말은 다 믿으면서 나의 말만 의심하는 것 같았다. 그러면서도 당신이 먼저 손을 놓을까봐 두려웠다. 나는 나약한 사람. 당신이 손을 놓아버리면 먼저 다가가 손을 내밀 자신이 없었다. 우리는 서로를 미워하면서 함께 산책하고 밥을 먹고 좁은 방으로 돌아왔다. 미워하는 마음으로 미안하다 말하고 서로를 껴안고 잠들었다.

당신을 만나기 전 나는 사랑을 하찮게 만들려고 애쓰는 사람이었다. 가볍게, 쉽게, 누구든지, 아무렇게나 사랑했다. 사랑하는 척하면서 사랑한다고 말하지 않는 사람. 사랑을 연기하면서 소모하는 사람. 사랑하지 않았으니 이별도 없다고 생각하는 사람. 그러나 나에겐 사랑이 많았다. 그것을 들키지 말아야 했다. 들키는 순간 우스워질 테니까. 혼자 남을 테니까. 너 정말 사랑했구나? 조롱받을 테니까. 꿈꾸는 사랑 같은 건 없었다. 사랑은 비스킷처럼 커피와 함께 먹어치우는 것. 하찮은 사랑 속에서 나는 점점 비관적인 사람이 되었다. 이렇게 한심하게 살다가 결국엔 혼자 외롭게 죽겠지. 그런 말을 아무렇지도 않게 지껄이고 다녔다.

당신은 나에게 예의를 갖췄다. 나를 의심하면서 의심한다는 사실을 감추지 않았다. 나를 기만하지 않았다. 당신은 솔직한 사람. 때로 당신은 이해할 수 없는 말과 행동을 했다. 나의 정성을 '네가 좋아서 하는 일'이라고, 나의 배려를 '네가 원해서 하는 일'이라고, 나의 노력을 '네 마음 편하려고 하는 일'이라고 말했다. 그와 같은 사고방식이 무척 서운했지만 따지고 보면 맞는 말. 내가 좋아서 당신에게 선물하고 당신의 사정을 헤아리고 사랑받으려고 노력했다. 당신 또한 그랬을 것이다. 나를 위해서가 아니라 당신을 위해서 나를 찾아오고 나와 함께하고 피곤한 다툼을 무릅쓰면서도 내 손을 놓지 않았을 것이다. 나를 위한 사랑. 내가 필요해서 열심인 사랑. 그렇다는 것을 인정하자 터널이 끝났다. 세상이 열렸다. 이전까지는 상대를 위해 희생한다고, 억지로 맞춰준다고, 상대가 나를 견디고 있으리라고 생각했다. 사랑을 믿지 않았던 것이다. 깨진 독에 물 붓기. 사랑을 믿지도 않으면서 갈구하는 사람을 어떻게 사랑할 수 있겠는가?

우리는 겁쟁이지만 겁쟁이만은 아니다. 우리는 무서울 때 무섭다고 말한다. 그러니까 같이 있자고 청한다. 타오르듯 화를 내다가도 쏟아지듯 울면서 나도 내 마음을 모르겠다고 털어놓는다. 마음에 없는 말은 하지 않아서 상대에게 상처를 주지만 그렇기 때문에 서로를 믿을 수 있다. 돈이 없으면 김치볶음밥을 만들어서 사이좋게 나눠 먹고 돈이 생기면 분위기 좋은 식당을 찾아가 기분을 낸다. 미래가 안 보이면 오늘을 살고 과거가 후회되면 오늘을 산다. 추우면 껴안고 더우면 그늘을 찾아간다. 사랑이 없어지면 헤어질 것이다. 사랑 외에 다른 것이 없으면 그것을 얻거나 포기할 방법을 함께 궁리할 것이다. 당신을 탓할 때도 있었다. 반성한다. 떠나고 싶을 때도 있었다. 잠깐이었다. 질투심이 생길 때마다 사랑을 자각했다. 비가 오면 한 사람의 어깨만 젖는다. 늦으면 잠을 참으며 기다린다. 멀리 있으면 어디에서 무엇을 하는지 먼저 말한다. 걱정하는 마음. 내겐 그것이 사랑이다.

다른 소설과 마찬가지로 나는 아무것도 모른 채 『구의 증명』을 쓰기 시작했다. 쓰면서 알아보자 생각했다. 담에게 몰입하여 구를 사랑했다. 그들을 사로잡은 감정이 사랑인지 집착인지 광기인지 연민인지 고민하지 않았다. 헤어질 수 없는 마음만을 생각했다. 소설 후반부에 이르러 담은 말한다. 행복하자고 같이 있자는 게 아니야. 불행해도 괜찮으니까 같이 있자는 거지. 내가 쓴 문장이지만 내 머릿속에는 없던 문장이었다. 담을 따라가다 만난 문장이었다. 그 문장을 쓴 다음 나는 항복했다. 이전까지는 사랑하면서 행복해지려고 했다. 이후에는 불행을 함께 껴안는 사랑을 하고 싶었다. 담이 내게 알려준 사랑.

언젠가는 당신이 나를 버릴 수도 있다. 사랑이 아니라고 말할 수도 있다. 우리는 헤어질 수도 있다. 오해를 끌어안고 멀어질 수도 있다. 후회할 수도 있다. 알고 있다. 사랑은 변한다.

그건 가능성이자 미래의 일. 나에게는 오늘이란 기회가 있다. 최선을 다해 나의 사랑을 지킬 것이다. 하찮아지지 않도록, 숭고하게, 존엄하게. 이런 나의 사랑을 사랑이 아니라고 말한다면, 집착이나 광기라고 말한다면, 기꺼이 미친 사람이 되겠다. 다시 한번 말하지만 사랑은 변한다. 나의 희망은 거기 있다. 당신을 사랑하기 이전으로 돌아갈 수는 없다.

나는 될 것이다.

끝까지 남는 사람.

당신에게 지기 위해 싸우는 사람.

당신을 사랑하는 나를 지켜내는 사람.

10
월

상강
霜降

나는 어린이에게
칭찬받고 싶다

○

청명한 가을이 이어지고 있습니다.

지난여름의 폭우는,

건천을 가득 채우던 빗물은 어디쯤 갔을까요.

저 바다와 하늘, 숲과 나무, 새와 바람,

당신의 눈동자와 우리가 맞잡은 손에

깃들어 있다면 좋겠습니다.

잘 지내고 계신가요.

상강霜降,

서리가 내린다는 뜻.

이제 국화가 피어나고 단풍은 절정에 이르겠지요.

추수를 마무리한 사람들은 차츰 겨울맞이를 시작할 겁니다.

상霜이란 한자는 '서리'와 함께

'흰 가루'와 '세월'이란 의미도 담고 있습니다.

서리가 이슬과 얼음 사이라면

세월은 계곡과 바다 사이.

가을은 충만과 비움 사이.

초록은 무지갯빛으로 물들고

나무는 잎과 열매를 떨구며 겨울을 준비합니다.

가벼워질 겁니다.

오늘도 바다를 바라봅니다.

어떤 시간은 바위가 되어 흐르지 않아요.

보통의 시간은 그 바위를 감싸안고

어루만지며 흘러갑니다.

바다로 나아갑니다.

이십여 년 전 멀어졌던 친구에게서 편지가 왔습니다. 잊고 산 세월이 오래인데도 편지함에서 그의 이름을 보자마자 책가방을 거꾸로 들어올리듯 지난 기억이 와르르 쏟아졌어요. 목소리, 말의 속도, 즐겨 입던 옷, 옆모습, 우리가 멀어진 이유 모두 두서없이.

기억이란 대체 무엇일까요.

답장을 썼습니다. 벌써 이십 년이 지났구나. 우리가 마흔 살이 넘었어. 시간은 흘렀지만 각자의 기억은 남아 가끔은 서로를 궁금해한다는 것이 신기하고 놀랍다. 겉모습은 많이 변해서 지금 스쳐지나간다면 서로를 못 알아볼 수도 있겠지만.

기억하고 있습니다.

이십여 년 전 가을에는 「귀순이」라는 시를 썼습니다.
그 시에는 어린 시절 어느 밤이 등장합니다.

"귀순이는 공장에서 주야간 교대로 일을 합니다. 야간 근무를 하는 날이면 잠깐 쉬는 시간에 어두운 골목을 종종 걸어 집으로 갑니다. 어른 없는 단칸방에서 오누이는 엄마를 기다리고 있습니다. 귀순이가 나무문을 두드립니다. 내복을 입은 딸이 문을 열어줍니다. 귀순이는 맷돌에 앉아 가스밸브와 수도꼭지와 연탄보일러를 확인한 뒤 '엄마 아닌 사람에게는 절대 문을 열어주면 안 된다'는 말을 남기고 다시 공장으로 돌아갑니다. 엄마가 다녀갔으니 이제는 정말 자야 할 시간. 오누이는 문을 잠그고 불을 끄고 이불을 덮고 꿈속으로 달려갑니다. 꿈의 세상은 너무나 넓어서 누군가 문을 두드려도 알아챌 수 없어요. 엄마 아닌 사람에게 열어줄 수 없습니다."

「귀순이」는 대학 신문에 실립니다.

누군가 길을 걸으며 울고 있어요.

나의 엄마 이야기를 읽고 그 사람이 우는 이유를
나는 모릅니다.

하지만

길을 걷다 울어버린 적이 있습니다.

마음의 온도에 비해 바깥은 너무 차갑습니다.

나를 보호하듯 마음의 외부에 흰 서리가 맺힙니다.

사람들은 내가 무척 추운 사람일 거라고 짐작하겠지만

서리가 많이 내린 아침은 맑다고 하셨지요.

혼자 우는 아이를 바라보며 중얼거립니다.

지금은 너를 안아줄 수 없어.

미안해.

내겐 너를 안을 품이 없어.

모르는 사이처럼 스쳐지나가더라도

우리는 서로를 모르지 않고

거센 빗속에서 서로를 바라봅니다.

우리의 심장이 얼어붙지 않도록

마음만은 덜 시리도록

흰 서리가 우리를 감싸안도록

너를 안고 싶지만

바라보고 있습니다.

겨울에는 조금 더 가까이 다가갈 수 있도록
열매와 잎을 떨구고 가벼워질 겁니다.

나는 어린이였던 적이 있다. 방금 쓴 문장은 내게 큰 힘이 된다. 나도 아이였던 적이 있다는 건 '나는 ~이 될 것이다'란 문장보다 희망적이다.

어린이 최진영은 글자와 숫자를 모른다. 1보다 2가 큰 수라는 것을, 0은 '없음'이란 것을, 없음을 나타낼 수도 있다는 것을 모른다. 어린이 최진영은 365를 보며 입술과 코와 귀를 떠올리고 숫자로 얼굴을 그린다. 그러다 365를 '삼육오'라고 읽고 '삼백육십오'라고도 읽는다. 아이는 자라서 365를 보며 일 년을 생각하고 사람의 체온을 떠올리고 옛집의 전화번호를 기억해낸다. 삼백육십오 킬로미터라는 거리를 가늠하다가 혼자 부산에 갔던 추운 밤을 돌연 떠올린다. 어디로든 가고 싶어서 무작정 떠났다가 어디에든 머무르고 싶었던 진짜 마음을 깨달아버린 스물다섯 살의 외로움을 되살린다. 숫자는 숫자를 벗어나 먼 곳까지 나아간다. 숫자에서 시작한 나의 생각은 기억을 경유하여 경험치를 넘어선다. 내가 어린이였던 적이 있었기에 가능한 일이다.

'최진영'이라는 글자가 바로 나의 이름이란 것을 알았을 때 내 기분은 어땠을까? 이름의 모양이 마음에 들었을까? '최진영'을 비로소 읽고 쓸 수 있었을 때 나는 아무 생각 없었을지도 모른다. 또는 칭찬받고 싶었을 것이다.

아이였을 때 나는 칭찬받고 싶었다. 청소년이었을 때는 칭찬받고 싶어하는 나를 유치하다고 생각했다. 이제 나는 칭찬받고 싶었던 나와 칭찬을 우습게 여기던 나를 이해한다. 그래서 어린이나 청소년을 칭찬하고 싶은 순간마다 긴장한다. 과하거나 모자라지 않게, 유치하지도 어색하지도 않게 잘하고 싶어서. 왜냐면 어릴 때 나는 알았으니까. 나를 칭찬할 때 그 어른의 감정을. 습관적인 칭찬과 가식적인 칭찬, '내가 너를 인정한다'는 칭찬과 귀찮음이 담긴 칭찬을 구분할 수 있었다. 칭찬하는 어른이 기쁨에 들떠 있을 때 나도 가장 기뻤다. 내가 더 잘할 것을 기대하거나 나를 인정하는 칭찬이 아니라 '지금 이 순간 너로 인해 내가 정말 기쁘다'는 감정이 담긴 칭찬. 내가 아이였을 때 어른들은 대부분 바빴고 피곤했고 돈과 잠이 부족했고 약간은 신경질이 난 상태였다. 나는 그들을 귀찮게 하고 싶지 않았다. 나는 그들을 기쁘게 하는 존재이고 싶었다.

2학년 때는 구구단을 외우지 못해서, 3학년 때는 나눗셈을 풀지 못해서 나머지 공부를 했다. 5교시가 끝난 뒤 담임은 칠판에 나눗셈 세 문제를 썼다. 그 문제를 다 풀어야 집에 갈 수 있었다. 공부를 잘하는 아이들은 금세 문제를 풀고 담임에게 검사를 받고 교실 밖으로 나갔다. 빈자리는 점점 많아졌다. 숫자를 썼다가 지우길 반복한 나의 공책은 닳아서 구멍이 날 것만 같았다. 교실에 남은 아이는 열 명이 채 안 되었고 담임은 자기 의자에 앉아서 연필로 이를 쑤시고 있었다. 몇 번이나 담임에게 말하고 싶었다. 나는 정말 모르겠으니까 가르쳐달라고. 그 연필로 이를 쑤시지 말고 내가 틀린 부분을 짚어달라고. 멀리 앉아 있던 내 친구 수정이가 자리에서 일어나 담임에게 가서 공책을 보여줬다. 담임이 수정이의 공책에 크게 동그라미를 그렸다. 수정이는 통과했다. 수정이는 책가방을 챙긴 뒤 내게 다가와 운동장에서 기다리겠다고 작게 속삭였다. 그때 담임이 우리를 향해 크게 소리질렀다. 공부도 못하는 게 공부도 못하는 거한테 뭘 가르쳐주느냐고. 나는 깜짝 놀라서 얼굴이 빨개졌고 수정이는 도망치듯 교실을 나갔다. 나는 다시 숫자의 미로에 빠졌다. 교실에는 문제를 풀다 지쳐버린 서너 명만 남았다. 담임은 마침내 자리에서 일어나 분필을 잡고 나눗셈 문제를 빨리 풀었다. 34×7을 하려면 내겐 종이와 연필과 시간이 필요한데 담임은 그것을 암산으로 해버렸고 바로바로 칠판에 숫자를 적었다. 어른의 속도로 풀어내는 나눗셈의 정답은 내게 아무 의미가 없었다. 당신에게는 아주 쉬운 그것이 내겐 정말 어려워서 충분한 설명과 시간이 필요하다는 것을, 당신은 아는 그것을 나는 모를 수도 있음을 어째서 모르는가. 당신은 나눗셈을 모르는 어린이였던 적이 없는가? 물론 그때는 이렇게까지 생각하진 않았을 것이다. 그저 담임이 무섭고 수정이에게 부끄러웠을 것이다. 학교가 싫고 담임이 싫고 아침이 싫어서 자다가 죽으면 좋겠다고 생각했을 것이다. 나는 나를 한심하게 쳐다보는 어른의 눈빛을 먼저 배웠고 그 눈빛으로 나를 바라보게 되었다. 그 시절 담임의 눈빛이 어땠는지, 내게 무슨 말을 했는지는 아무에게도 말하지 않았다. 그런 것만이 진짜 비밀이 된다.

그리고 나는 소수와 분수의 나눗셈을 시작한다. 최대공약수와 최소공배수의 세계에 들어선다. 나는 그런 것을 제대로 배운 것 같지 않다. 원리를 깨우친다기보다 문제를 많이 풀고 틀리면서 감으로 익혔다. 나는 나눗셈 문제를 풀 수는 있지만 그것의 원리는 설명하지 못하는 어린이였다. 많은 어른이 그와 비슷한 방식으로 양육한다고 생각한다. 설명하지 않고 강요하는 방식. 이해하지 않고 겁주는 방식. 내게 너무 쉬우므로 네게도 쉬울 거라고 편하게 생각하는 방식. 공부를 못하고 말을 한 번에 이해하지 못하는 내게 어른들은 왜 그렇게 소리를 질렀을까. 어른들이 소리를 지르면 내가 뭘 모르는 게 엄청난 죄 같았다. 무언가를 잘한다고 칭찬할 수는 있지만 무언가를 못한다고 야단치는 건 이상하다. 내가 돈을 훔쳤다면 벌을 받아야 한다. 도둑질은 옳지 않은 행동이니까. 하지만 남들보다 이해가 느린 건 옳고 그름의 문제가 아니잖아.

앞의 이야기는 어린 시절 내가 마주쳤던 막막한 순간들 중 사소하고 가벼운 예에 불과하다. 나는 이제 마흔 살이 넘었고 어린 시절 기억은 거의 사라졌다. 여태 남아 있는 기억은 대개 무서움, 불안, 모멸감, 수치심처럼 어른들에게 말할 수 없었던 비밀과 관련 있고 그런 경험은 오직 소설에만 쓸 수 있다. 나의 이야기가 아닌 척 가공하고 덜어내고 훼손해서, 사실을 지우고 지워서, 격정의 귀퉁이만을 겨우 쓸 수 있다. 소설을 쓰면서 잊지 않았음을 확인한다. 누구에게나 말할 수 없는 비밀이 있을 것이다. 나는 절대 알 수 없는 당신의 오래된 비밀 때문에 나는 당신을 존중하고 존경한다. 예의를 갖춘다.

나는 평범한 어린이였다. 야단맞거나 무시당하지 않으려고 거짓말하는 아이. 부모님의 지갑에서 돈을 훔친 적도 있다. 인기 많은 또래를 동경했다. 소외되지 않으려고 소외되는 친구를 못 본 척했다. 누군가를 헐뜯는 소문을 쉽게 믿었다. 불리하면 남 탓을 했고 진실이 밝혀질까봐 전전긍긍했다. 상처를 주고도 사과하지 않았으며 상처받은 만큼 되갚아주려고 했다. 이렇게 써놓고 보니 어른의 모습과 다를 바 없다.

나는 '아이치곤 너무 영악하다'거나 '애가 순진한 구석이 없다'고 말하는 사람을 신뢰하지 않는다. 어렸을 때 나는 영악하게 나를 지킨 적이 있다. 순진했더라면 돌이킬 수 없는 상처를 입었을 것이다. 나는 '어린애가 너무……'라고 말하는 어른의 수만큼 '어른이 너무⋯⋯'라고 말하는 어린이가 많길 바란다. 어른이 너무 영악해. 어른이 너무 비겁해. 어른이 너무 응석받이야. 어른이 너무 자기만 알아. 어른이라고 유세는.

  아이는 어른의 기분에 따라 미숙해서 귀여운 존재였다가 서툴러서 성가신 존재가 된다. 지금 어른인 사람들 모두 어릴 때는 울음과 화로 욕구를 표현했다. 아무데서나 똥을 쌌다. 말을 배우면서 말이 많아졌고, 말을 지어내면서 끝없이 말했다. 그건 허풍이나 거짓말이 아니라 놀이였다. 말끝마다 왜? 하고 물어봤다. 맛있으면 많이 먹고 맛이 없으면 뱉어냈다. 걷는 것보다 뛰는 게 좋았고 자는 것보다 노는 게 좋았다. 어른이 하는 건 따라 하고 싶었다. 위험하다는 생각보다 재미있다는 기분에 집중했다. 주위에 어른이 있으면 괜찮을 거라고 생각했다. 어른의 표정을 보려면 고개를 한껏 젖혀야 했다. 착해서라기보다는 무서워서 또는 칭찬받으려고 어른이 하라는 대로 했다. 주는 대로 먹어야 했다. 때리면 맞을 수밖에 없었다. 우리 모두 도망칠 곳 없는 아이였다. 아이였을 때 나는 어른을 믿었다. 어른이 믿는 것을 믿었다.

아이는 지금도 교실에 남아 있다. 새빨개진 얼굴로 숫자를 쓰고 지우고 다시 쓴다. 구구단은 분명히 외웠는데 곱셈은 자꾸 틀리고 이상하게 나눗셈에 나머지가 계속 나온다. 계산은 끝이 없고 오늘 하루도 영영 끝나지 않을 것만 같다. 모르는 걸 모른다고 대답해도, 모르는 걸 아는 척해도 잘못이다. 아이는 담임처럼 소리 지르며 말하고 싶다. 공부 못하는 게 공부 못하는 거를 가르쳐주면 안 되는 거냐고. 적어도 수정이는 당신처럼 뽐내듯 내 앞에서 암산하진 않는다고. 나와 같은 속도로 계산한다고. 나를 기다려준다고.

나는 어린이였다. 지금보다 작았고 약했고 아는 것도 없었고 나의 상황과 감정을 조리 있게 설명하지 못했다. 어른의 보호 없이는 살 수 없었다. 청소년이었을 때 나는 꿈이 없었다. 어른들이 장래희망을 물으면 즉석에서 지어서 대답했다. 나는 나의 장래희망이 이루어지리라고 믿지 않았다. 『이제야 언니에게』의 이제야는 십대 시절에 종종 본다. 어른이 된 자기를. 나는 제야와 같은 경험을 했다. 십대 때 보았던 어른인 나는 약간 추운 상태로 사람들 사이를 혼자 걷고 있었다. 쓸쓸해 보였다. 정말 이상한 이야기지만 사실이다. 그때 봤던 '평범한 어른인 나'는 장래희망을 말하기 위해서 지어낸 나보다 내게 훨씬 힘이 됐다. 나는 평범한 어른이라도 되고 싶었다. 춥고 우울해도, 혼자여도, 사람들 사이에 있는 내가 되고 싶었다.

그리고 한때 나는 어른이 되고 싶지 않다고 생각했다. 어른 같은 건 치사하고 더러워서 되지 않으려고 했다. 정말 부끄럽고 무책임한 생각이란 걸 이제는 안다. 나는 보호를 받고 자라 어른이 되었다. 나는 책임져야 한다. 나는 어른의 속도로 생각하면서 어린이의 속도를 따라가고 싶다. 치사하고 더러운 어른이 아니라 믿을 만한 어른이고 싶다. 어린이를 겁주거나 무시하지 않는 어른이고 싶다. 어린이가 나를 보며 '당신으로 인해 내가 정말 기쁘다'고 느낄 수 있다면 좋겠다. 나는 어린이에게 칭찬받고 싶다.

나는 믿고 있다. 길을 걸으며 혼자 울던 어린 나를 지켜보던 사람이 있었으리라고. 그 사람은 바로 나라고. 안아줄 수 없어 미안하다고 중얼거리던 어른 최진영이 거기 있었을 거라고 믿으면 울 만큼 울다가 그칠 수 있다. 왜냐하면 어딘가에서 어린이 최진영이 나를 바라보고 있을 테니까. 저기 평범한 어른이 된 내가 있구나 생각할 테니까. 어른이 되어도 길을 걸으며 울일은 생긴다. 그래도 괜찮다. 네가 거기 있고 내가 여기 있으니까. 울 만큼 울었다면 이제 그만 집으로 가자.

11
월

입동
立冬

봄이 오면

호수 위를

걸을 수 없으니까

○

어제는 하루종일 거센 바람 불었고
오늘은 부쩍 쌀쌀합니다.

입동立冬,
땅속에서 잠들어 있던 겨울이
천천히 일어나고 있을 거예요.

초록은 다시 흙으로 돌아가고
작은 동물은 컴컴한 굴속으로 들어가고
사람들은 커다란 주머니 같은 외투에 몸을 담고.

어느 날 아이가 독감에 걸려서
엄마는 오랜 친구와의 약속을 지킬 수 없습니다.
어른은 독감에 걸려도 웃으며 수액을 맞습니다.
일을 미룰 수 없습니다.

다섯 시간마다 해열제를 먹으며

아이는 서서히 독감에서 탈출합니다.

어른에 가까워집니다.

내가 어릴 때 아프면 비밀입니다.

엄마에게 방해가 될 테니까요.

내가 어른일 때 아프면 비밀입니다.

일에 방해가 될 테니까요.

내가 아이도 어른도 아닐 때는

비밀이 되기 전에 진통제를 먹습니다.

때로는 아프지 않아도 진통제를 먹습니다.

몸과 마음을 구분할 수 없습니다.

통증과 격정을 구분할 수 없습니다.

겨울로부터 세상이 비롯되었다고 믿는 사람이 있습니다.

겨울이 어서 잠에서 깨어나길 기다리고 있어요.

온기를 찾아 주머니에 손을 넣어봅니다.

어느 겨울 숨겨두었던 기억이 먼지처럼 구석에 뭉쳐 있어요.

손끝으로 매만지며 버릴 데를 찾다보면

겨울은 다시 땅속으로 들어가 겨울잠에 빠지고

먼지는 한 계절만큼 조금 더 단단한 먼지가 됩니다.

어떤 기억은 빛을 본 적 없습니다.

선생님은 말합니다.

당신이 표현하지 않는 마음을

사람들이 어떻게 알 수 있겠습니까.

엄마는 말합니다.

네가 말하지 않았으니 나는 모른다.

당신은 어떤가요.

말하는 사람입니까.

말하는 사람이 아니라 따지고 드는 사람이 될까봐

'나보고 뭘 어떻게 하라고'를 응답으로 받을까봐

말했지만 말하지 않은 사람이 될까봐

무섭습니다.

결국 상처를 주고 그것을 돌려받습니다.
왜 아무 말 없느냐고 물으신다면

겨울은 고요합니다.

빙판 아래 세상은 보이지 않아요.
그곳에서 말없이 숨쉬고 헤엄치고 사랑하고 아프고
회복하는 존재가 있습니다.
두꺼운 얼음이 그들을 지켜줍니다.

겨울은 안전합니다.

심해 생물은 보거나 듣지 않고
세상을 감각합니다.

어떤 기억은 언어를 찾지 못합니다.

어떤 감정은 언어에 담을 수 없습니다.

어떤 비밀은 땅속 깊이 있습니다.

땅속은 따뜻하고

겨울이 눈을 뜹니다.

기지개를 켜고 서서히 일어납니다.

기다리던 겨울입니다.

겨울로부터 세상이 비롯되었다고 믿는 사람이 있다.

눈이 내리고, 당신이 잠든 밤, 나에게는 루시드 폴의 음악이 있고, 아름다운 책이 있고, 책상 위 스탠드가 있고, 오목하게 고인 불빛과 쓰고 싶은 글이 있다.

입동의 한자 입은 들 入이 아닌 설 立이다. 겨울에 들어서는 게 아니라 겨울이 일어선다. 땅속과 심해에서 긴 잠을 자던 거대한 겨울이 서서히 일어나 걸어온다. 지금부터 땅속과 심해의 주인이 될 다른 존재들이 그곳으로 돌아간다. 겨울이 잠에서 깨어났으므로 슬픔과 외로움도 기지개를 켠다. 겨울은 그런 이야기를 나누기에 좋은 계절. 온기를 느낄 수 있기 때문이다.

겨울 풍경.

매서운 바람이 분다. 초록 없는 거리는 황량하다. 눈발이 흩날린다. 털모자, 털장갑, 털목도리로 몸을 감싸도 살갗이 얼얼하다. 겨울바람이 등을 떠민다. 녹지 않고 쌓이는 눈. 멀리서, 자전거를 탄 소녀가 다가온다. 대답하지 않는 소녀. 나는 너를 안다. 너무 추운데, 이렇게 추운데 너의 옷은 너무 얇다. 목도리도 장갑도 없이 자전거를 타고 있는 너. 얼어서 갈라터진 두 손과 붉은 얼굴. 너는 점점 다가온다. 안장에서 엉덩이를 떼고 두 다리를 곧추세우고 몸을 이리저리 흔들며 전속력으로 자전거 페달을 굴린다. 가야 할 곳이 없어서 더욱 빠르게 달린다. 꽝꽝 언 길을 위험하게 돌진한다. 네 몸에 비해 자전거는 너무 크다. 네 얼굴은 더럽다. 콧물은 굳어서 희끗하고 눈물은 닦았지만 자국이 남아 있다. 너는 때로 수줍어서 화를 내지. 낯설어서 퉁명스럽지. 우리는 스쳐지나간다. 고개를 돌려 너를 다시 확인한다. 너는 나의 뒤에서, 한쪽 발로 땅을 짚고 자전거를 세운 채 나를 흘깃 돌아본다. 외롭고 끝없어 화가 난 표정. 눈은 쌓이고, 길은 녹지 않고, 사람들은 각자의 따뜻한 집에서 파티를 하고, 편지와 선물을 주고받는다. 노래를 부른다. 추억을 나눈다. 너는 거리를 헤맬 수밖에 없다. 겨울은 너무 길다. 멀리까지 갔다가 되돌아올 것이다. 겨울바람 부는 황량한 길 위에서 나는 너를 본 적 있다. 우리는 서로를 돌아본 적 있다.

크리스마스카드를 만든다. 도화지를 반으로 접어서 속지를 붙인다. 겉면에 색연필로 크리스마스트리와 선물 상자를 그린다. 반짝이 풀로 트리를 장식하고 솜뭉치로 눈송이를 표현한다. 크리스마스 씰을 붙인 봉투에 받는 사람의 주소와 이름을 쓴다. 보내는 사람의 주소와 이름은 적지 않는다. 비밀이기 때문이다. 크리스마스니까 고백하고 싶었다. 고백한 뒤 새해에는 그만 좋아하고 싶었다. 짝사랑은 기나긴 겨울처럼 지긋지긋해.

겨울 경주. 눈은 내리지 않는다. 너는 은색 패딩 점퍼를 입고 털부츠를 신고 왕릉을 걷는다. 천마총을 둘러본다. 불국사에 들어선다. 석굴암 본존불상의 미소에 압도당한다. 오래된 것들. 천년 넘는 세월을 통과한 돌과 탑과 무덤들. 과거의 흔적이 아니다. 지금 존재한다. 인류보다 더 오래 존재할 것이다. 너는 매일 지치도록 걷고 오래 잠든다. 끼니는 컵라면, 초코파이, 커피우유 등으로 대충 때운다. 이 도시에 너를 아는 사람은 없다. 아무도 너에게 말을 걸지 않는다. 어딘가로 가다가 내키지 않으면 돌아서고, 계획을 세우고 쉽게 뭉개면서 너는 자유를 느낀다. 네가 지금 어디에서 무얼 하고 있는지 보고할 필요 없다. 증거 사진을 찍어서 보내지 않아도 된다. 애써 사랑한다고 말하지 않아도 된다. 헤어지자는 말을 하기까지 오랜 시간이 걸렸다. 무서운 이별이었지만 과거가 되었다. 흔적으로도 남지 않을 것이다. 지루한 외로움이 위험한 사랑보다 훨씬 낫다. 다시는 섣불리 사랑한다고 말하지 않으리라 다짐하지만, 너는 또 다짐을 어기고, 몇 년 후 다른 이별로 힘들어한다. 그런 네가 가끔은 너무 한심해서, 제발 너를 가만히 내버려두라고 호소하고 싶다.

하지만 차갑고 적막한 우주에서, 뜨겁게 불타오르는 태양 같은 것, 태양보다 훨씬 거대한 항성도 멀리서 바라보면 창백한 작은 빛이고, 겨울밤 더욱 선명하게 보이는 그 빛은 몇십 광년 전의 빛, 여전히 거기서 빛나고 있는지 확인할 수 없는 빛, 불타오르던 항성은 마지막에 대폭발하며 가장 찬란하게 빛나다가 검은 구멍이 된다. 블랙홀은 시공간을 다 집어삼킨다. 겨우 몇십 년을 사는 나 또한 우주에 머물다 언젠가는 그런 구멍의 일부가 될 것이다. 공룡과 매머드와 함께. 본존불상과 마추픽추와 함께. 미래의 로봇과 신인류와 함께. 극악무도한 독재자와 희생자와 함께. 모든 경이로움과 추악함, 잔인함과 숭고함, 아름다움과 권태와 함께. 그렇다면 나는 사랑하고 싶다. 사랑하는 마음을 품고 그 구멍의 일부가 되고 싶다.

빙판 위에서 뛰어노는 너. 달리다가 주우우욱 미끄러진다. 넘어진다. 빙판은 깨지지 않고, 불안하고 초조하게 바라보는 나를 너는 이해하지 못한다. 나는 조심하라 말하고 너는 괜찮다고 말한다. 빙판 위에 있으니까. 그 단단함을 온몸으로 느끼고 있으니까. 충분히 차가운 공기, 태양빛은 빙판을 녹일 수 없고. 겨울이 버티고 있기 때문이다.

위험해.

나는 너에게 말했다.

분명히 다칠 거야. 아플 거야. 후회할 거야.

너에게 거듭 경고했다.

여기 안전한 땅이 있다고, 무너지거나 깨지지 않는 땅으로 오라고, 순간의 즐거움을 좇다가 위험에 빠지지 말라고 당부했다. 그러나 겨울을 좋아하는 너는, 기나긴 짝사랑이라도 하고 싶은 너는, 사랑하지 않겠다는 다짐보다 더 많이 사랑하겠다는 다짐이 훨씬 쉬운 너는 한겨울의 빙판을 떠나지 않는다. 봄이 오면 호수 위를 걸을 수 없으니까. 호수의 중심에 다다를 수 없으니까. 바라만 봐야 하니까. 겨울이므로 가능한 것. 사랑은 언제나 춥고 외로운 겨울날 시작되었다.

11
월

소설
小雪

그러므로

장래 희망은

계속 쓰는 사람

o

소설小雪,

첫눈이 내리는 날입니다.

작은 눈은 첫눈.

「첫눈」이란 단편소설을 썼습니다. 그 소설은 청소년 독자를
위해 묶은 앤솔러지 소설집『장래 희망은 함박눈』의 마지막에
실려 있어요. '진눈깨비처럼 잠시 흩날렸던 눈이 첫눈인가 아
닌가'에 대해서 소설 속 아이들은 이야기를 주고받습니다. 설
아는 말합니다. 첫눈은 펑펑 와야 첫눈이지. 아까 왔던 그 눈은
첫눈을 예습하는 눈. 눈치 없는 눈. 장래 희망이 함박눈인 눈.

그 말에 친구들은 즐거워 웃고.

첫눈이 함박눈이었던 때가 있었던가요.

나는 기억 못합니다.

첫눈이란 언제나 잠깐 흩날리다 사라졌던 것 같고.

첫눈은 작은 눈.

아이는 어른이 되고 새싹은 나무가 되고

물방울은 바다가 되고 눈송이는 설원이 되고

작은 입자는 폭발하여 우주가 됩니다.

태초부터 커다란 것은 없고

작다고 미완성일 리도 없겠지요.

당신이 계신 곳은 어떤가요.

눈이 내리고 있나요.

  추운 밤입니다. 고요한 어둠입니다. 메마른 낙엽이 바닥을
뒹구는 소리. 바람이 창을 훑고 지나갑니다. 나는 소설을 씁니
다. 좁은 방에서 코끼리를 키우는 여자의 이야기입니다. 다시
소설을 씁니다. 할머니가 남기고 간 여관을 관리하다가 자기

만의 샘을 발견하는 소녀의 이야기입니다. 다시 소설을 씁니다. 오누이가 작은 방에서 팽이를 돌리는 이야기입니다. 엄마는 방을 떠나고, 오빠도 방을 떠나고, 마침내 나도 그 방을 버리면서 소설은 끝납니다. 떠나는 나를 바라보며 방은 그 자리에서 지구처럼 단단하고 둥그런 돌덩이가 됩니다.

나는 왜 소설을 썼을까요.

아무도 내게 묻지 않았고
나조차 궁금해하지 않았기에

떠나는 사람의 마음을 알 수는 없습니다.

쓰지 않고는 견딜 수 없는 날들이 있었습니다.

소설을 쓰면
혼자만의 세계를 가질 수 있었고
그 세계에서 나는

버리고 싶었습니다.

지난날의 나는 너무 먼 미래처럼 희미합니다.

과거는 마치 지어낸 이야기 같아요.

하지만 소설이 거기 남아 있습니다.

소설小說은 작은 이야기.

작은 이야기에 나와 당신, 삶과 죽음, 우주와 신,

존재와 상상의 모든 것을 담을 수 있습니다.

그러나

소설을 쓴다는 건

최대한 덜어낸다는 것.

하고 싶은 말을 이야기 뒤에 감춘다는 것.

글로 쓸 수 없음을 마침내 인정한다는 것.

그럼에도 장래 희망은 계속 쓰는 사람.

흩날립니다.

쌓이기도 전에 사라집니다.

그러나 누군가 보고 있어요.

과거에도 지금도 미래의 어느 겨울에도

영영 첫눈입니다.

작은 이야기에 버려진 것들은

사랑하는 마음.

매일 처음인 그 마음.

잘 지내고 계신가요.

소설을 쓰는 사람.

나를 이렇게 소개할 수 있어서 좋다. 다행이라고 생각한다.

스물여섯 살에 「팽이」라는 단편소설로 신인상을 받았다. 하지만 그뿐이었다. 데뷔를 했지만 아무것도 달라지지 않았다. 소설 청탁도 없었고, 이런저런 계간지에 투고했으나 거절의 소식조차 없었다. 막막했던 것 같다. 그렇다고 포기할 수도 없었다. 스스로 작가라고 생각하지 않았고, 작가가 아니니까 작가를 포기할 수 없었다. 소설 쓰기를 포기할 수도 없었다. 소설을 쓰지 않고는 견딜 수 없는 '어떤 마음'이 있었기 때문이다. 소설을 쓰는 동안에는 나를 똑바로 쳐다볼 수 있었다. 내 마음을 남의 마음처럼 헤아릴 수도 있었다. 아무도 들어주지 않는 내밀한 이야기를 얼마든지 쓸 수 있었다. 소설은 나를 버티는 힘이었다.

단편소설 투고에 실패했으므로 장편소설을 써보자고 생각했다. 스물여덟 살에 처음 쓴 장편소설을 한겨레문학상에 투고했다. 본심에 올랐다. 깜짝 놀라서, 다른 장편소설을 썼다. 그것을 다음해 한겨레문학상에 투고했다. 예심에도 오르지 못했다. 당연하다는 생각으로 다음 장편소설을 구상했다. 서른 살을 앞두고 있었다. 내게는 소설만큼 직업도 필요했다. 딱 한 편만 더 써보고 돈을 벌 수 있는 직업을 구하자고 다짐했다. 내게 남은 소설이 '딱 한 편'뿐이라고 생각하니 아쉬웠다. 한편으로 용기가 샘솟았다. 마지막일 수도 있으니 그동안 소설에 쓰려고 모아두었던 인물을, 소설에조차 쓰지 못했던 거친 생각을 이번 소설에 다 써버리자는 용기. 일단 그것을 쓴 다음에, 소설을 포기할 수 있다면, 포기하자는 용기. 소설이 풀리지 않을 때마다 생각했다. '할말을 하자. 그리고 깔끔하게 헤어지자.' 이제 와 생각해보면 '헤어질 결심'까지 할 필요는 없었는데…… 그만큼 간절했던 것 같다. 소설을 짝사랑하는 것만 같아서 괴로웠다. 나는 소설 쓰기를 따로 배운 적이 없었고, 나의 소설을 읽고 의견을 나눠주는 동료도 없었다. 글쓰기 수업을 찾아다닐 생각도 못하고 혼자서 고집스럽게 썼다. 소설을 잘 쓰고 싶은 마음(해초) 반대편에는 그런 마음을 비웃는 마음

(멍게)이 있었다. 소설을 비웃는 것보다는 나를 비웃는 게 쉬웠다.

딱 한 편만 더 써보자는 다짐으로 쓴 소설은 『당신 옆을 스쳐간 그 소녀의 이름은』이라는 책이 되어 나에게 돌아온다. 첫 책이 생겼다. 최진영이 어떤 소설을 쓰는 사람인지를 보여주는 포트폴리오가 하나 생긴 것이다. 그다음부터 신기하게도 소설 청탁이 들어왔다. 써야 할 소설과 마감이 조금씩 생겼고, 나의 이름 뒤에는 '소설가'라는 단어가 붙었다. 직업을 구한 기분이었다. 출간 후 그 책을 다시 읽지 않았다. 할말을 하고 깔끔하게 헤어졌다고 생각했기 때문이다. 그리고 거의 십 년 만에 개정판을 내기 위해서 그 소설을 다시 읽었다. 서른을 앞두고 쓴 소설을 마흔 넘어 다시 읽은 셈이다. 십 년 넘는 간격을 두고야 깨달았다. 그때 나는 나를 미워하는 줄 알았는데, 소설에서만큼은, 열렬히 옹호하고 있었다는 걸. 나를 독점하기 위해 세상 전부를 나의 적으로 돌릴 만큼 사랑했다는 걸. 나는 여전히 소녀가 불행하다고 생각하지 않는다. 소녀처럼 전진하고 싶다. 소녀처럼 사랑하길 원한다.

소설을 쓰면 나의 세계를 만들 수 있다. 나는 그 세계로 도망칠 수 있다. 현실의 삶에서 처참하고 비루해질 때, 지루하고 권태로울 때, 힘들고 외로울 때 나는 주문을 외운다. 괜찮아, 나에겐 소설이 있어. 그 주문을 외우면 버틸 수 있다. 하지 못한 말, 할 수 없는 말을 소설에 쓸 수 있다. 그때 내가 좀 아팠어. 서운했어. 사실은 내가 널 사랑했어. 미안해. 정말 미안해. 독자들은 내가 소설에 숨겨둔 진심을 '숨은그림찾기 고수'처럼 찾아낸다. 그리고 내게 속삭인다. 있잖아, 사실은 나도 그렇게 생각한 적 있어. 나에게도 비슷한 경험이 있어.

소설의 인물은 특별하지 않다. 그런데 그 인물의 이름과 사연과 일상과 고민을 알고 나면 특별해진다. 이야기를 따라가며 응원하게 된다. 인물은 갈등과 사건을 딱히 극복하지 않는다. 겪고 살아내고 통과한다. 지나가는 과정. 소설에는 그런 걸 쓸 수 있다. 소설의 마지막에 인물이 한 걸음 내디디면 독자는 책을 덮고 조심스럽게 말을 건다. 있잖아, 사실은 나에게도 아픔이 있어. 방황을 했지. 조금은 어리석었어. 모든 걸 잃었지. 이젠 다 지나간 일. 그래, 내가 그 시기를 지나왔어.

소설은 조용히 혼자서 쓸 수 있다. 지금도 나는 카페에서 사람들을 등지고 앉아 이 글을 쓰고 있다. 옛날에는 노트와 펜이 필요했다. 이제는 랩톱이나 태블릿이나 휴대폰이 필요하다. 대부분 사람들이 가지고 있는 물품이다. 밤하늘의 별처럼 수많은 책이 스승이다. 혼자서 글을 쓸 때도 나는 독자를 상상한다. 독자의 상상력에 기댄다. 그러므로 다 쓸 필요가 없다. 나는 인물 묘사를 거의 하지 않는 편이다. 성별을 밝히지 않을 때도 있다. 독자마다 자기만의 인물을 생각해주길 바란다. 독자는 언제나 내가 쓰지 않은 것까지 상상해준다. 예를 들어 "도시가 어두워지더니 거대한 괴물이 바다에서 걸어나왔다"라고 쓰면, 독자의 머릿속에서는 '도시' '어두움' '거대한' '괴물' '바다' '걸어나왔다'라는 단어가 활발하게 활동하며 입체적으로 다양하게 나타난다. 독자는 내가 소설에 쓰지 않은 부분을 채워가며 읽는다. 그러니까 덜 쓰기. 덜어내고 덜어내기. 앙상해질 정도로 지우기. 당신이 나에게 "여기 이 문장이 왜 필요한가요?" 묻는다면 나는 대답할 수 있다. 그러나 "지금 이 이야기가 왜 필요한가요?" 묻는다면 대답할 수 없다. 나는 나에게 필요한 이야기를 쓴다. 그것이 당신에게도 필요한지는 모르겠다. 나는 삶, 죽음, 애도, 상실, 운명, 사랑과 고통을 소설에 담는다. 우리가 비슷한 고민을 하는 사람이라면 좋겠다.

　신인일 때 나는 본 적이 있다. "당신 같은 딸을 둔 부모님이
안쓰럽다"는 내용의 댓글. 까맣게 잊고 있었는데 일기를 들
춰보고 알았다. 일기에 남겨둔 걸 보면 당시에는 나름 충격적
이었나보다.

　네, 우리 부모님도 나를 안쓰러워할 때가 있습니다.
　부모님의 그 마음은 사랑입니다.
　하지만 당신의 그 마음이 사랑인지는 잘 모르겠어요.
　모르는 사람을 안쓰러워하지 마세요. 실례입니다.

　2010년의 나를 보고 싶으면『당신 옆을 스쳐간 그 소녀의 이
름은』을 펼치면 된다. 2013년의 내가 어떤 생각을 하고 살았
는지 궁금하면『나는 왜 죽지 않았는가』(개정판『원도』)를 보
면 된다.『구의 증명』을 펼치면 2015년의 내가 나타난다.『해
가 지는 곳으로』의 작가의 말을 읽으면 2017년 천안의 한 카페
에서 멍하니 창밖을 바라보던 당시가 생생하게 재현된다.『이
제야 언니에게』를 읽으면 그해 겨울 한밤중에 내리던 함박눈

이 떠오른다. 『내가 되는 꿈』의 표지를 보면 힘들었던 2021년이 생각난다. 미래의 어느 날 『단 한 사람』을 펼쳐본다면 제주의 거센 바람에 휘청이면서도 쓰러지지 않던 나무 두 그루를 떠올리겠지. 소설은 문장으로 만든 사진첩이다. 한 시절을 책 속에 가두고 나는 다른 시절로 건너간다. 소설은 픽션. 지어낸 이야기에 그 시절 내 진심이 깃들어 있다. 소설을 쓰다보면 나의 삶이 궁금해진다. 더 살아보고 싶어진다. 소설은 나를 살게 한다. 그러므로 장래 희망은 계속 쓰는 사람.

12
월

대설
大雪

나의 가장 오래된
단 한 사람

○

새벽하늘에서 함박눈이 펑펑 쏟아집니다.

한 사람이 태어납니다.

처음 만난 세상은 너무 차갑고
몸에 달라붙는 모든 감각이 낯설고 두려워 펑펑 울어요.
방금 전까지 따뜻하고 평화로웠는데
영영 그렇게 존재할 줄 알았는데

누가 나를 여기까지 불러낸 거야.

우는 아이를 조심스레 안고 쓰다듬는 따스한 손길.
아이의 마음에 반짝이는 작은 거울이 생깁니다.

처음으로 엄마를 만납니다.

엄마가 내 엄마구나.

반가워 엄마.

엄마가 좋아서 아이는 엄마를 괴롭히고

엄마가 울면 아이는 마음속 거울을 들여다봅니다.

좋아하는 마음은 슬픈 표정을 닮았구나.

아이는 두어 걸음 걷고 넘어집니다.

다시 일어나려고 하지 않아요.

젊고 한창이어서 바쁜 어른들은

'애가 몸이 약하다'는 의견을 나눈 다음

계속 돈을 법니다.

늙고 일이 없어 한가로운 외할아버지는

다수 의견에 끼어들지 못하고

아이 손을 잡고서 아이 속도에 맞춰서

천천히 천천히

구멍가게까지 걸어갑니다.

요구르트를 사줍니다.

아이는 맛있게 요구르트를 먹고

천천히 천천히

집으로 돌아옵니다.

아이는 살이 통통 오릅니다.

넘어지면 혼자 일어납니다.

어른들은 외할아버지가 사준 요구르트를 먹고

아이에게 힘이 생겼다고 말하지만

그것참 모르는 소리

산책을 좋아하는 어른으로 자란 다음에야 깨달았어요.

아이의 속도로 저기부터 여기까지

매일 함께 걸어줬기 때문이란 걸.

어른이 된 다음에도 여전히 사랑해서

슬프고 외로울 때마다 마음속 작은 거울을 들여다봅니다.

작은 거울은 어른의 얼굴을 모두 담지 못하고

누구인지 알 수 없는 얼굴의 일부를 보며 물어봅니다.

누구일까.

누가 내 마음에 몰래 살고 있어 이토록 나를 못 견디게 하나.

거울이 말해줍니다.

아이에게는 자기를 사랑하는 둥그렇고 단단한 힘이 있었지.

따뜻한 사랑을 받으면서 그 힘이 다 녹아버린 거야.

그래서 자꾸만 사랑을 원하는 거야.

스스로 다시 사랑해보려고.

나는 그게 어려워요.

나는 나를 위로할 수가 없어요.

나에게 따뜻한 말을 건넬 수가 없습니다.

따뜻함은 언제나 나의 바깥에 있고

눈이 내립니다.

눈사람이 생겼네요.

햇살이 비춥니다.

눈사람은 사라집니다.

거울에 태어난 나를 모두 약한 아이라고 말할 때

그저 나와 같이 걸어준 가장 늙은 사람

나의 햇살

아이는 하루하루 자라서 어른이 되고

외할아버지는 하루하루 자라서 천사가 됩니다.

새벽하늘에서 함박눈이 펑펑 쏟아지는 날

한 사람은 처음으로 돌아갑니다.

한 사람을 부르며 슬퍼하는 사람들.

슬픈 표정은 사랑하는 마음.

대설大雪,

눈이 많이 내리는 날이지만

눈이 내리지 않아도 좋겠습니다.

함박눈처럼 햇살이 비춘다면

한 사람은 태어나고 한 사람은 돌아가는 어느 날

누가 나를 여기까지 불러냈는지 이젠 알 것 같아요.

축복을 빕니다.

옛날을 회상하며 외할머니는 종종 말한다.

네가 태어났을 때 너를 아랫목에 두지 않고 윗목에 둔 거야. 그래서 비실거렸지. 애가 얼어서.

내가 태어나고 얼마 지나지 않아 아버지는 돈을 빌려 사우디아라비아로 떠나야 했다. 비실거리는 나를 보며 아버지는 생각했다.

내가 돌아올 때까지 이 아이가 살아 있을까.

나는 살았다.

아버지는 사우디아라비아로 떠나고, 엄마는 오빠와 나를 데리고 친정이 있는 풍기로 갔다. 엄마는 공장에서 돈을 벌고, 외할머니도 이런저런 일을 하면서 돈을 벌고, 외할아버지가 어린 오빠와 나를 돌봤다. 내가 잘 서지도 걷지도 못하자 할아버지는 매일 내 손을 잡고 골목 끝에 있는 구멍가게까지 걸어가서 요구르트를 사줬다. 나는 조금씩 살이 찌고 건강해졌다. 물론 전해 들은 말이다. 하지만 어쩐지 기억나는 것도 같다. 사진이 남아 있기 때문이다. 키가 큰 할아버지가 한껏 허리를 굽혀서 내 손을 잡는다. 나는 할아버지 손가락에 의지해 되똥되똥 걷는다. 할아버지는 엉거주춤한 자세로 내 키와 보폭을 맞춘다. 나는 넘어지고 할아버지는 내가 다시 서도록 돕는다. 우리는 골목길을 아장아장 걷고, 시간도 우리 걸음에 맞춰 느리게 흐른다. 가장 어린 사람과 가장 늙은 사람을 공평하게 비추는 따스한 햇살.

걸음마를 배우며 머물렀던 외갓집은 아직 같은 자리에 있다. 사십 년 넘는 세월, 아니 엄마의 나이까지 생각하면 육십 년 넘는 세월 동안 한자리를 지킨 집. 외갓집과 나의 본가는 걸어서 십 분 거리다.

내가 이십대 중반이었을 때, 사촌언니의 결혼식이 있던 주말이었다. 예식이 끝나자마자 엄마는 서둘러 식장을 나섰다. 왜, 엄마. 밥 안 먹어? 엄마가 대답했다. 외할아버지 돌아가셨대. 여기는 경사慶事니까 아무 말 말고 조용히 떠나자.

외할아버지의 영정. 소란스럽던 장례식장. 웃고 울고 싸우고 화해하고 먹고 마시고 기도하던 사람들. 나는 장례식장 구석에 앉아 어른들의 말을 들었다. 외할아버지에게는 지병이 있었고, 자식들은 아버지의 죽음을 준비할 시간이 있었다. 병원 침대에 누워 있던 외할아버지는 죽음이 가까이 오자 유언처럼 말했다고 한다.

집에 가고 싶어. 집에서 죽고 싶어.

그 말은 지워지지 않고 내 안에 남아 씨앗이 되고 새싹이 되고 나무가 된다.

장지 가던 길, 여러 대의 승용차가 비상등을 켜고 장례식장을 빠져나가 이차선 도로를 서행했다. 운전석에 앉은 오빠에게 비상등을 켜고 가는 이유를 물었다. 오빠는 대답했다. 우리에게 슬픈 일이 있으니 조금 느리게 가더라도 이해해달라는 신호 같은 거야. 나는 동승석에 앉아 앞차의 깜빡, 깜빡, 깜빡이는 후미등을 바라봤다. 화창한 봄날, 따스한 바람, 슬픔에 잠긴 우리를 비추던 환한 햇살. 당시 나는 삶과 죽음이 반대어인 줄 알았다. 당연히 그러리라 믿었다. 나는 죽음을 몰랐다.

가장 늙은 사람과 가장 어린 사람이 손을 잡고 걷는다.

하버지.

그래.

나는 걸을 수 있어?

너는 걷고 있어.

하버지.

그래.

나는 말할 수 있어?

너는 말하고 있어.

하버지.

응.

나는 살 수 있어?

너는 살아 있어.

가장 큰 사람과 가장 작은 사람이 서로를 의지하며 걷는다.

나의 외할머니. 내가 사랑하는 가장 늙은 사람. 내가 대학에
입학하던 해 외할머니는 순금 반지를 건네며 말했다. 네 오빠
는 백일도 돌도 챙겨줬는데 너에게는 그런 걸 하나도 해주지

못했어. 사진 한 장 남은 게 없어서 늘 마음에 걸렸어. 뒤늦은 돌반지를 감사히 받아서 간직하다가 졸업반 때 돈이 너무 없어서 금은방에 팔았다. 엄마에게 돈 좀 보내달라고 말하면 되는데, 그 말을 못하고 내 몫의 금을 팔았다. 외할머니가 어린 나를 떠올리며 미안한 마음을 담아서 건넨 그 반지를. 죽을 때까지 간직했어야 할 그 마음을. 괘씸할 만큼 철이 없던 그 시절의 나를 나는 아직 용서하지 못했다.

외갓집에서 돈을 버는 존재는 늘 여자였다. 청소와 빨래와 밥을 하는 사람도 여자, 못 먹고 못 자는 사람도 여자. 남자는 남자로 존재하는 것만으로 충분했다. 외할머니는 지극히 가부장적인 방식으로 딸과 아들을 차별했다. 어느 날 딸은 공장에서 돌아와 가마솥에 남아 있던 찐감자를 먹었다. 그 사실을 안 엄마는 부지깽이로 딸을 때렸다. 아버지 줄 감자를 어디 감히 건드려! 또 어느 날은 젊고 예쁜 딸에게 반해버린 낯선 남자가 집까지 쫓아왔다. 겁에 질린 딸은 대문을 열고 큰 소리로 엄마를 불렀다. 엄마는 그 남자가 보는 앞에서 딸을 때렸다. 행실을 어떻게 하고 다니기에 집까지 남자가 쫓아오는 거야!

외할머니에게 나는 여자가 아니다. 외할머니가 나를 바라보는 시선에는 '감히'도 '여자'도 없다. 외할머니는 시대와 부모와 자신이 만든 그 틀에서 나를 놓아주었다. 외할머니에게 손녀는 그저 존재만으로 충분했던 걸까.

십여 년 전 어느 날 본가에 내려갔을 때, 길을 걷다가 우연히 외할머니를 만났다. 외할머니는 끌차에 몸을 기댄 채 말했다.

내가 너에게 물을 게 있다.

할머니, 여기 차가 다니니까 일단 저리로 가요.

외할머니는 끌차에 몸을 의지하며 길의 가장자리로 갔다. 그리고 다시 천천히 말했다.

네가 쓴 책을 봤어. 너는 아직도 그것에 미련이 남아 있나. 본가에 갔다가 『나는 왜 죽지 않는가』를 본 것 같았다. 그 책의 제목만을 읽고 내 상태를 걱정하는 것 같았다. 나는 대답했다.

할머니 그거 제가 다 지어낸 이야기예요. 제 이야기 아니에요.

외할머니는 고개를 끄덕이며 대답했다.

그래, 그런 거면 됐다. 가거라.

부모님은 하지 않는 걱정을 외할머니는 했다.

언젠가 외할머니는 말했다.

얘가 어릴 때 이사를 많이 다녀서 친구가 없을 거야.

엄마도 하지 않던 생각을 외할머니가 먼저 했다. 그래서 고마웠다. 한편으로 생각했다. 외할머니는 당신 딸의 친구 없음은 생각하지 않는구나. 그러니까 엄마 또한 당신 딸의 친구 없음은 생각할 수 없었던 거야.

만해문학상을 받았던 즈음이었을까. 본가에 내려가서 외할머니와 부모님을 모시고 한우 식당에 갔다. 마냥 신이 나서 말이 많아진 아버지를 외할머니가 나무랐다. 얘가 그걸 쓰느라고 고생한 건 생각도 안 하고 그저 좋아만 하면 안 된다고. 그 말을 듣고 나는 너무 놀랐다. 할머니는 어째서 그렇게 멀리까지 보는가. 곧장 다시 슬퍼졌다. 나는 어째서 금반지를 팔아버렸나. 지금도 내가 본가에 가면 외할머니는 끌차에 몸을 의지한 채 한 걸음 한 걸음 천천히 걸어서 나를 만나러 온다. 함께 저녁을 먹으며 나에게 이야기를 나눠준다. 부모님이 결혼하지 않는 나를 걱정할 때 외할머니는 말했다. 얘는 자기 일이 바쁘니까 결혼 같은 건 할 수 없어. 부모님이 출산하지 않는 나를 걱정할 때 외할머니는 말했다. 얘는 그런 것 말고 다른 걸 하

려고 사는 거야. 외할머니는 나를 구체적으로 짐작하고 상상
한다. 딸에게는 하지 않는 일을 손녀에게 한다. 딸에게는 주지
않는 애정을 손녀에게는 준다.

몇 년 전 본가에 내려갔을 때, 외할머니에게 전화가 왔다. 시
간이 괜찮으면 외갓집에 잠시 들를 수 있느냐고 물었다. 당장
외갓집으로 갔다. 외할머니 방에서 오랜 시간 이야기를 나누
었다. 창으로 환한 빛이 들어 겨울이지만 따뜻했다. 그날 할머
니가 나에게 했던 말.

너는 내 이야기를 다 듣고 있어. 내가 무슨 이야기를 해도 가
만히 듣는다. 너 말고는 그런 사람이 없어.

외할머니는 서랍에서 봉투를 꺼내 나에게 건네며 말했다.

온전히 주려고 했는데 급하게 쓸 데가 있어서 이십만 원을
빼 썼다.

봉투에는 팔십만 원이 들어 있었다. 안 할 거라 여겼던 결혼
을 늦게나마 하겠다는 손녀에게 주는 선물이었다. 그 봉투를
그대로 간직하고 있다가 할머니를 만날 때마다 십만 원씩 빼
서 용돈으로 드렸다. 모두 돌려드렸고 열 배 넘도록 돌려드릴
것이다. 그러니까 오래오래 살아야 해요, 할머니. 팔백만 원

넘게 돌려드리려면 아직 한참 멀었어요.

　내가 어린이였을 때, 외할머니는 초등학교 근처에서 노점을
했다. 리어카에 화구 두 개를 달아서 쥐포와 핫도그를 튀기고
어묵을 끓여 팔았다. 수업이 끝나면 나는 외할머니를 찾아가
쥐포 부스러기나 핫도그를 받아먹었다. 할머니 옆에 앉아서
바라보던 풍기의 오거리가 아직도 생생하다. 리어카 가득했던
기름 냄새와 돌돌 말아 튀긴 쥐포의 맛도. 그때 할머니 머리카
락은 검었다. 염색을 하지 않았는데도 아주 검었다. 언젠가 할
머니는 말했다.

　네 엄마 아빠가 결혼하고 우리집에 인사를 하러 왔어. 네 아
빠가 절을 하려고 해서 내가 못하게 했어. 아직 내 시모가 살아
있으니 나한테는 절을 하지 말라고. 사위에게 절을 받기엔 그
때 내가 너무 젊었어.

　본가에 『단 한 사람』을 들고 간 날, 할머니는 책의 표지를 쓰
다듬다가 말했다.

　이것을 나에게도 하나만 줄 수 있나. 나도 하나 간직하고 있
으면 좋겠다.

할머니에게 그런 말을 듣기는 처음이었다. 나는 또 슬퍼졌다. 어째서 지금까지 할머니에게는 책을 드릴 생각을 못했을까. 할머니는 나를 자꾸 후회하게 한다.

내가 용돈을 드리면 할머니는 나에게 홍삼 엑기스 두 박스를 보낸다. 홍삼 엑기스 두 박스는 내가 드린 용돈보다 비싸다. 할머니는 늘 당신 이름이 아니라 외삼촌 이름으로 그것을 보낸다. 할머니는 당신 이름을 사용하지 않는다.

할머니는 올해 아흔네 살이다. 아니 아흔다섯일까.

학교를 다닌 적 없어 어른이 되어서야 한글과 산수를 깨친 사람.

『단 한 사람』을 간직한 사람 중 가장 오래 산 사람.

내가 사랑하는 가장 늙은 사람.

할머니는 딸을 차별했다. 그럴 수밖에 없었음을 나는 이해한다. 엄마는 여전히 할머니의 어떤 면을 미워한다. 그럴 수밖에 없음을 나는 이해한다. 할머니는 엄마에게 하지 않는 말을 내게 한다. 엄마는 할머니에게 할 말을 내게 대신 한다. 엄마가 내게 하지 않는 일을 할머니는 하고, 할머니가 엄마에게 하지 않은 일을 나는 엄마에게 한다. 할머니와 엄마가 서로에게는 주지 않았던 마음이 내게 흘러와 깊은 곳에 고였다. 그래서 나는 할 수 있다. 사랑한다는 말. 미안하다는 말. 얼마든지. 넘쳐흐르도록. 그리고 나는 끝까지 들을 수 있다. 어린 나의 아무 말을 젊은 할머니가 그저 들어준 것처럼, 가만히 듣고 있을 수 있다. 돌고 돌아 외롭다는 그 말을. 사랑받고 싶었다는 그 어린 말을.

할머니.

그래.

할머니가 준 금반지를 팔아서 밥을 사 먹었어요.

잘했다.

할머니.

그래.

내가 쓴 소설에서 할머니는 전부 할머니예요.

지어낸 이야기지만 진짜 마음이에요. 내 소설에 할머니가 있어요. 내가 소설에 다 남겨뒀어요.

고생했다.

할머니.

응.

할머니 딸한테는 내가 잘할게요.

고생하겠네.

할머니.

응.

할머니.

그래.

사랑해요. 진짜 많이.

박난자 모니카.

나의 가장 오래된 단 한 사람.

12
월

동지
冬至

엄마가
새로운 환자복을
내밀던 걸 생각하면,

○

동지입니다.

비로소 겨울에 이르렀어요.

잘 지내고 계신가요.

얼마 전 늦은 밤의 일입니다. 잠에서 깨어 비몽사몽한 채로 화장실에 가려다가 침대 모서리에 걸려서 쾌당 넘어졌습니다. 무척 아프고 놀라 큰 소리로 엉엉 울었지요. 넘어지며 바닥을 짚었던 왼팔이 다음날 아침에도 여전히 아파 동네의 오래된 병원에 갔습니다. 병원 대기실에는 사람이 아주 많았어요. 매일 먹는 약을 처방받으려고, 예방주사를 맞으려고 병원을 찾은 할머니 할아버지들.

조금씩 아프고 건강한 사람들.

한 시간 삼십 분을 기다려 엑스레이를 찍었습니다.

뼈에는 이상이 없으니 괜찮다고,

기다려보자고 의사는 말했고

대기실은 한산해졌습니다.

며칠 지나도록 흉터처럼 남아 있는 아픔.

이 아픔은 괜찮음의 증거겠지요.

나아지고 있습니다.

올해 몇 번이나 넘어졌는지 헤아려봅니다.

그때 모진 소리를 해서 미안합니다. 오래도록 후회하고 있어요. 후회하는 마음은 메울 수 없는 구멍. 차가운 바람이 나를 관통합니다. 지키지 못할 약속을 했지요. 내가 건딘다고 생각했지만 오히려 나를 견디고 있음을 알아버렸습니다. 나는 형편없는 사람. 자꾸만 잘못하는 존재. 지독하게 외롭군요. 뭘 확인받고 싶은 거지? 삶을 취소하고 싶어요. 미래완료형을 사용한다면, 도착하기 전에 나는 이미 떠났을 거야.

괜찮다는 말을 듣기 위해 병원을 찾는 사람들.

기다려봅니다.

엉엉 울고 일어나 글자를 씁니다.
폐허를 아름다운 문장으로 채우자.
불행과 비난을 쓰던 이 펜으로.
꽃을 심으면 나비가 날아올 거야.

뿌리째 뽑았다가 다시 심은 라일락나무는
잘 자라고 있을까요.

넘어지고 울고 아플 때마다
살아 있는 나를 확인합니다.

동지冬至는 낮이 가장 짧은 날.
옛사람들은 동지 무렵을 '태양의 부활' 시기로 삼았습니다.

동양에서는 동지와 부활을 같은 의미로 생각했고
서양의 성탄절 또한 이즈음이니

사람들은 따뜻한 곳에 모여 마음을 풀고 축복을 건넵니다.
고생 많았지. 애썼어. 고마워. 미안해. 덕분이야.
메리크리스마스.

새로운 기분으로 새해를 맞이합니다.

겨울에 이르러 태양은 부활하고
부활은 죽었다가 다시 살아난다는 뜻.

빛도 죽는데 하물며 사랑은,
빛이 살아나는데 더욱이 사랑은

밤이 가장 긴 날 되살아납니다.

부활한 태양은 회복중이고

또 할 수 있다고 중얼거립니다.

그리고 합니다.

미래진행형을 사용해서 나는 언제나 하고 있을 거예요.

그때 왼팔로 바닥을 짚어서 다행이라고 생각하니까요.

나약한 마음의 밑바닥엔 언제나 찰랑찰랑 흔들리는

사랑이 있으니까요.

매일 그것을 확인합니다.

이제 막 겨울에 닿았습니다.

작은 추위와 큰 추위가 우리를 기다리고 있어요.

이 겨울 꾸준히 아름다운 문장을 모으겠습니다.

언젠가 다시 넘어질 나를 위해

조금씩은 아프면서 건강하려고.

새해 다짐은 매일 일기 쓰기.

폐허에 꽃을 심고 하늘을 바라볼 겁니다.

올해도 고생 많으셨습니다.

새해 복 많이 받으세요.

성당 유치원에 다녔다. 크리스마스이브에 아이들을 위해서 어른들이 무대를 준비했다. 그런데 그 준비가 좀 허술했던 것 같다. 무대 뒤편에서 젊은 남자가 산타 옷을 입는 모습을 어쩌다가 보고 말았으니까. 내 입장에서는 산타를 믿기도 전에 산타는 어른들의 연기이자 거짓말이라는 사실부터 알아버린 거다. 그래도 선물은 받고 싶었다. 크리스마스 아침이면 머리맡에 선물이 놓여 있었다고 증언하는 친구들이 있었기 때문이다. 하지만 우리 부모님은 낭만이 없었다. 크리스마스 시즌이라고 트리를 꾸미거나 전구를 달지 않았다. 머리맡에 선물을 두지도 않았다. 나는 일찍 포기했다.

하루하루가 똑같으니까, 쳇바퀴처럼 굴러가니까, 매일 해야 할 것이 너무 많으니까 엄마는 내 생일을 자주 잊었다. 당시의 엄마 나이가 되고 보니 너무 이해가 된다. 나도 요즘 깜빡 잊고 지나가는 일이 너무 많다. 약속이 생기면 달력에 바로 적어야 한다. 웬만한 이메일에는 바로바로 답장을 해야 한다. '이따가 해야지'는 하지 않겠다는 뜻이다. 달력에 아주 크게 표시를 해놓지 않는 이상 기념일을 기억하고 챙기기 힘들다. 달력에 표시를 해두어도 오늘이 며칠인지 모르면 그냥 넘어가기 쉽다. 요즘은 휴대폰에 알람 설정을 해둘 수도 있지만 옛날에는 그런 것도 없었다. 나이가 든 지금은 그때의 엄마를 이해할 수 있지만 어린이 최진영은 서운해한다. 어린이 최진영은 가족들의 생일을 모두 외웠다. 생일이 다가오면 가족들에게 계속 말했고 아침에 눈뜨자마자 생일 축하한다고 제일 먼저 말했다. 하지만 곧 자기 생일이라는 말은 못했다. 아무도 모른 채 생일이 고요하게 지나가면 혼자 속상해했다. 며칠 지나면 엄마가 아침에 고기를 볶아줬다. 생일을 모르고 지나가서 미안하다는 편지와 함께 만 원을 줬다. 이 글을 쓰면서 기억해냈다. 규격 편지지에 모나미 볼펜으로 꾹꾹 눌러쓴, 엄마의 둥그런 글씨체를. 엄마는 나에게 편지를 쓴 적이 있다. 아주 깊은 곳에 파묻혀 있던 기억을 운 좋게 찾아냈으니, 그 기억을 깨끗이 씻고 말끔히 말려서 소중하게 오래오래 간직해야지. 아무튼 엄마는 내 생일을 늦게나마 챙겨주었다. 아버지는 아직도 내 생일을 모른다. 아빠 내 생일이 언제인지 알아요?라고 물어보면 대답을 못하고 허허 웃는다.

어린이 최진영은 여전히 서운해한다. 어른 최진영이 아무리
설명해줘도 이해하려고 하지 않는다. 상처처럼 남아 있는 기
억이 사라지지 않아서다. 내 생일이라고 친구들이 집에 놀러
왔었는데 그날이 마침 엄마가 야간 근무를 한 날이었고, 엄마
는 생일인지 모르고 있었고, 친구들은 아마도 케이크를 먹고
싶었던 것 같은데 상황이 좀 그랬다. 그날부터 나는 내 생일이
달력에서 사라지길 바랐다. 생일이 없으면 챙길 일도 속상할
일도 없을 텐데 어째서 생일이란 게 있어 사람을 곤란하게 만
드는 걸까 생각했다. 한동안 나는 내 생일을 싫어했고 생일이
다가올수록 울적해졌다. 사람들이 챙겨주면 괜히 미안했고 모
르고 지나가면 쓸쓸했다. 『내가 되는 꿈』에 쓴 '책가방론'이나
'지름길론'처럼 나만의 인생 이론이 몇 가지 있는데, 그중 '서른
살론'이 있다. 요약하자면, 누구나 어릴 때 받은 상처가 있고
어른이 되어서도 그것에 영향을 받을 수밖에 없는데 심각한
트라우마가 아닌 이상 '그때 받은 상처 때문에 내가 지금 이렇
게 살고 있다'는 말은 딱 서른 살까지, 길게 잡아서 서른세 살
까지만 할 수 있다는 이론이다. 그 이후부터는 자기 인생 자기

가 책임져야 한다. 자기 의지로 살아온 세월을 믿고 상처는 스스로 치유하고 감당하기. 어린이 최진영은 계속 서운해할 수 있다. 어린이 최진영의 마음을 풀어주는 건 이제 내 몫이다. 나에겐 어린이 최진영에게 해줄 수 있는 이야기가 있다.

이십대 중반. 자전거를 타다가 교통사고가 났다. 사실 나는 자전거를 탈 줄 몰랐다. 대학 졸업반 때 선배 언니에게 아주 잠깐 배우긴 했다. 넘어지지 않고 페달을 밟는 것까지는 해냈지만 그 이상은 어려웠다. 맞은편에서 사람이 오면 피하지 못하고 멈췄다. 속도를 내어 씽씽 달려보기도 전에 자전거 배우기를 그만두었다. 졸업한 뒤 본가로 내려가 살던 어느 날 갑자기 자전거가 생겼다. 마트 경품 추첨에 당첨된 거다. 자전거가 있으니 한번 타볼까? 생각하다가 정말 타기 시작했다. 본가는 시골이고 자동차가 많이 다니지도 않아서 탈 만했다. 그래도 씽씽 달리지는 못했다. 앞에 사람이 있으면 여전히 멈췄다. 어느 가을날 오후, 자전거를 끌고 집을 나섰다. 페달을 굴려 골목을 벗어났다. 대로는 한적했다. 마트까지 무사히 가서 생리대와 촉촉한 초코칩 쿠키를 샀다. 자전거 핸들에 비닐봉지를 걸고 집으로 돌아오던 것까지는 기억난다.

들은 바에 의하면, 나는 트럭의 측면에 부딪혔고 붕 날아가서 풀썩 떨어졌다. 구급차가 왔다. 외상은 없었고 의식은 있었지만 사람을 알아보지 못하는 상태였다. 사고가 났다는 연락을 받고 엄마는 '으이구 어디 팔이라도 부러졌나' 하는 생각으로 응급실에 왔다. 나는 병원 침대에 누워서 엄마를 알아보지 못하고 눈만 끔뻑였다. 그제야 심각성을 깨달은 엄마는 아버지에게 전화해서 울며 말했다. 여보, 진영이가 나를 못 알아봐. 곧장 대구의 3차 병원으로 이송되었다. 뇌진탕과 뇌출혈이 동시에 발생했다고 의사는 말했다. 후유증이 심각할 수도 있으니 지켜보자는 말도 덧붙였다. 이 주 정도 중환자실에 있다가 상태가 좋아져서 일반 병실로 옮겼다. 뇌진탕 때문에 나는 사고 당시도, 중환자실에 입원했던 기간도 거의 기억 못한다(계속 토했던 기억은 어렴풋이 있다). 신체적 아픔보다 더 고통스러운 기억은 있다.

그때 만나던 사람이 병원에 있는 나를 괴롭혔다. 내가 응답할 때까지 전화했고 전화를 받으면 끊지 않았고 메시지로 욕을 남겼고 내 이메일을 해킹한 뒤 병원에 찾아와서 나를 추궁

했다. 한 손에는 링거주사를 꽂고 다른 손으로 링거액을 들고 복도나 계단에 선 채로 그의 말을 들어야 했다. 힘들어서 손이 점점 내려갔고 피가 역류해서 링거관이 새빨개졌다. 아파서 약해진 나는 공격하기 좋은 먹잇감이었다. 나는 지쳐서 수긍하고 인정하고 제발 그만하자고 사정했다. 그의 사냥은 성공했다. 엄마에게는 당연히 비밀이었다. 병실에서 나간 뒤 한동안 돌아오지 않으니까 엄마는 내가 많이 괜찮아졌다고 생각했다. 이젠 잘 걷고 산책을 오래 하네. 다행이다. 정말 다행이야.

퇴원하던 날. 아버지도 오빠도 바빠서 못 왔다. 엄마와 나는 무거운 가방을 나눠 들고(한 달 동안 짐이 많이 늘었다) 병원을 나섰다. 대구에서 영주까지 버스를 탔다. 영주 버스 터미널에서 집까지는 택시를 탔다. 대문을 열자 마당이 낙엽으로 가득했다. 감나무의 잎이 다 떨어져 있었다. 바람이 불어 마른잎이 이리저리 굴러다녔다. 훗날 그날을 회상하며 엄마는 말했다. 서글펐어. 아픈 애가 무거운 가방을 메고 버스를 타고 온 것도 그랬는데 대문을 여니까 마당이 엉망이어서 너무 쓸쓸했어. 집에 남자가 둘이나 있으면 뭐해. 필요할 때는 아무도 오지 않는걸.

비슷한 기억이 하나 더 있다. 자궁에 속이 텅 빈 혹이 있다고 했다. 그때는 서울의 큰 병원에 며칠 입원했다. 역시 엄마가 곁에 있었다. 전신마취 뒤 수술할 예정이었다. 의사가 엄마에게 당부했다. 마취에서 깨어날 때 약기운 때문에 계속 자려고 할 텐데 못 자도록 깨워야 한다고. 엄마는 나를 깨웠고 나는 잠에 취해서 엄마에게 신경질을 냈다. 그래도 엄마는 끈질기게 나를 깨웠다. 내가 병실에 누워 있는 동안 심심했던 엄마는 으리으리한 병원을 구경다녔다. 제일 꼭대기에 있는 엄청 좋은 병실까지 가봤다고 했다. 그때는 아무도 나를 괴롭히지 않았다.

퇴원하던 날. 역시 아버지와 오빠는 못 왔다. 엄마와 나는 또 가방을 나눠 메고 병실을 나와서 엘리베이터를 탔다. 간호사가 나를 보고 깜짝 놀라며 말했다. 아니, 벌써 무거운 걸 들고 그러시면 안 돼요. 나는 웃으며 괜찮다고 대답했다. 무궁화호 열차를 타고 본가로 돌아왔다. 집에 들어서자마자 갑자기 엄청난 식욕이 돌았다. 엄마, 나 순대볶음이 먹고 싶어. 엄마는 가방을 내려놓고 시장에 가서 순대를 사왔다. 평소에는 잘 먹지 않는 음식이었고 엄마도 집에서 순대볶음을 만들어보긴 처음이었다. 엄마와 마주앉아서 맛있게 다 먹었다.

  기쁜 날 축하해주는 사람은 소중하고 아플 때 곁을 지켜주는 사람은 귀하다. 내가 많이 아플 때 엄마는 옆에 있었다. 아픈 나를 공격하지 않고 돌봤다. 그런데 엄마가 아플 때 나는 옆에 있어주지 못했다. 아버지와 오빠처럼 바쁘거나 멀리 있었다. 엄마는 혼자 앓다가 회복했다. 마취약 기운으로 계속 자려던 나를 끈질기게 흔들어 깨우던 엄마를 생각하면, 입원실에서 화장실로 걸어가던 중에 환자복에 실수해버렸을 때 순식간에 나타난 엄마가 새로운 환자복을 내밀던 걸 생각하면, 좁은 간병인 침대에서 허리와 무릎을 굽힌 채로 한 달 넘게 밤을 보낸 엄마를, 차차 회복하던 내가 혼자서 샤워를 한 날 기뻐하던 엄마를 생각하면 나는 길을 걷다가도 갑자기 후회한다. 엄마한테 못된 말을 한 걸. 엄마가 아플 때 내 생활과 약속을 먼저 챙겼던 걸. 엄마니까 이해해줄 거라고 편하게 생각했던 걸. 깊이 후회하다가 충성! 혼잣말한다. 잘못했다는 말을 하기는 싫어서 이제부터 엄마에게 평생 충성하겠다고 엄마 모르게 다짐한다.

『내가 되는 꿈』을 쓰면서 젊은 시절의 엄마를 자주 생각했다. 그 소설에 "엄마는 아빠와는 다른 방식으로 나를 외롭게 한다"는 문장을 썼다. 지난 일을 떠올리며 쓴 문장이고, 그 문장을 쓴 뒤 깨달았다. 나는 엄마를 정말 엄청 좋아하는구나. "엄마가 내 핑계를 대고 잘 지내면 좋겠다"는 문장을 쓴 다음에는 뒤늦게 내 역할을 찾았다. 그 문장을 이용해서 지난날의 어떤 순간들을 해결할 수 있었다.

12월이 되면 가족 단톡방에 크리스마스트리 사진이 올라온다. 엄마가 꾸민 트리를 아버지가 찍어서 올린다. 트리는 제법 크다. 오너먼트는 다양하다. 가랜드도 있다. 트리 꼭대기에는 은색 별이 있고 알전구가 깜빡인다. 아버지와 엄마 둘이 사는 집에서 마침내 엄마는 크리스마스를 챙긴다. 젊을 때 하지 못한 것을 지금은 한다. 이제 엄마는 내 핑계를 댈 필요가 없다. 그리고 나는 어린이 최진영에게 해줄 수 있는 이야기를 아직 많이 간직하고 있다.

하지만

당신이 아플 때

나는 왜 괴로울까

○

새해가 밝았습니다.

당신의 첫날은 어땠을까요.

나는 보통의 하루를 보냈습니다.

일어나던 시간에 일어나 늘 하던 일을 했지요.

청소하고 밥을 먹고 커피를 마시며 글을 썼습니다.

해 질 무렵 산책을 나가

사랑하는 사람의 손을 잡고 집으로 돌아왔습니다.

마지막 날과 첫날은 구분할 수 없을 만큼 비슷합니다.

나에겐 그와 같은 하루가 세상 가장 귀한 선물.

모두 무사하길 기원합니다.

요즘 정혜윤 PD의 『삶의 발명』을 아껴 읽고 있습니다. 작년

11월부터 읽기 시작했지만 사이사이 급한 일들로 잠시 손을 놓았습니다. 책은 내가 잠시 떠나도 그곳에서 저를 기다립니다. 책장을 펼치면 이야기는 이어지고, 나는 마치 살면서 오직 한 사람만을 사랑한 사람처럼 몰두합니다.

반짝반짝 빛이 나는 책입니다.
이 책을 만났으므로 더욱 잘살고 싶습니다.
아름다운 이야기의 일부가 되고 싶어요.

『삶의 발명』의 일부를 당신에게 전합니다.

"'○○를 사랑하게 된 그 시간에 감사드린다.' 이 문장에 내 인생 전체가 담겼으면 좋겠다. 사랑할 줄 안다는 것은 시간과 삶이 준 가장 큰 선물이고 삶의 의미는 자신으로부터 나오지 않고 자신이 사랑하는 것으로부터 나오므로. 그리고 삶은 내가 무엇을 사랑하는지 말할 줄 알게 되는 하나의 과정이므로."*

---

* 정혜윤, 『삶의 발명』, 위고, 2023, 118쪽.

사랑이 무엇인지 알고 싶어서

오늘도 글을 씁니다.

소한小寒,

작은 추위라는 뜻과 달리

우리나라는 소한 무렵 가장 춥다고 합니다.

이제 강추위가 몰려올 거예요.

어느 곳이든 최저기온으로 내려가겠지요.

한편으로는

추위를 이겨냄으로써 어떤 역경도 감내해보자는 의미로

'소한의 추위는 꾸어다가도 한다'라는 말이 있다고 합니다.

추위를 빌리러 다니는 사람을 생각합니다.

나는 지금 춥지 않습니다.

그러니 당신 추위를 조금 빌려도 될까요.

추운 사람이 있습니다.

그의 마음에는 겨울이 있고,

녹지 않는 눈이 있고,

거센 바람이 붑니다.

휘몰아치는 겨울바람 때문에

그는 바깥 소리를 들을 수 없어요.

꽝꽝 얼어버린 거대한 눈덩이가 켜켜이 쌓여

그의 마음은 무척 무겁습니다.

겨울을 품은 그는 추위를 이겨내는 사람.

작은 사람이 웅크리고 있어 더욱 작아 보이는

나는 그 사람을 알아요.

그는 과거에 있고 겪어야 할 일은 모두 겪어야만 합니다.

오래 잠을 자더라도 하루를 건너뛸 수는 없고,

그 시간만큼 고통은 미뤄질 뿐이지요.

그렇게 그가 겨울을 품고 견뎌냈기에

오늘의 내가 보통의 하루를 선물받았다는 걸

그 사람은 모릅니다.

어디든 추울 겁니다.

누구에게나 밤은 찾아오겠지요.

아무리 털어놓고 털어봐도

끝내 털어지지 않는 저마다의 추운 밤.

반드시 홀로 겪어야 하는 아픔.

사랑이란 무엇일까요.

돌아오는 길

사랑하는 사람의 손을 잡아봅니다.

나보다 차거나 따뜻한 손.

나는 지금 춥지 않습니다.

그러니 당신 추위를 조금 빌려도 될까요.

당신이 춥지 않을 만큼만 내게 주세요.

그럼 우리 온기는 비슷해질 거예요.

비슷하고 싶은 마음.

사랑이 무엇인지 알 수 없어도

가장 추운 밤 당신의 추위를 빌려

가장 낮은 온도로 사랑을 전할게요.

당신이 당신으로 살아온 그 모든 시간에 감사드립니다.

당신이 당신으로 살아갈 그 모든 시간의 일부이길 원합니다.

사랑이란 무엇일까. 알 수 없으므로 계속할 수 있는 것. 실패 없음. 성공 없음. 종료 없음. 브레이크타임 있음. 브레이크타임에는 재료 준비중. 당신의 보물 같은 말을 내면의 주머니에 모으고 가끔은 당신의 지겨운 말을 가만히 듣고 있는 것. 그럴 만한 이유를 생각해보는 것.

사랑은 나의 신념. 당신이기에 용서할 수 있고 당신이어서 용서할 수 없는 일이 있다. 용서할 수 없는 그 마음을 잊지 않겠다. 잊지 않고도 계속 사랑하겠다. 일생의 과업. 도전하겠습니다. '어떻게 나한테 이럴 수가 있어' 사용 금지. 바로 나여서 그럴 수가 있습니다. 사막의 모래바람. 설산의 돌풍. 절망에 낸 균열. 허무에 깃든 틈. 사랑하므로 부숴보겠습니다.

나는 때로 지구 밖에서 지구를 바라보는 상상을 한다. 파랗고 하얀 지구는 아름답다. 고요하다. 평화롭다. 그 안에 지옥이 있다. 고통이 있다. 울부짖는 사람들. 파괴하고 짓이기는 사람들. 나는 바깥에 있고 싶다. 혼돈의 바깥. 사랑의 바깥. 진공과 무중력. 그러나 숨쉴 수 없다. 사랑 없는 곳에서 나는 살 수 없다. 당신의 우울은 뭐야? 우리 서로 다른 우울을 말하고 있잖아. 나는 단단히 화가 났고 당신은 한없이 무기력하군. 나는 나로만 살 수 있어서 내가 듣고 보고 맛보고 아픈 것만 알 수 있지. 나는 당신이 아니어서 당신이 보고 듣고 맛보는 감각을 몰라. 얼마나 아픈지 몰라. 하지만 당신이 아플 때 나는 왜 괴로울까. 그 통증이 왜 내 것 같을까.

어느 날 당신이 말합니다. 나는 당신 대신 죽을 수도 있어. 나는 말합니다. 정신 똑바로 차려. 당신이 나 대신 죽어버리면 나는 어떻게 살라고? 대신 죽지 마. 대신 살아. 사랑은 사는 일. 악몽에서 깨어나는 방법. 당신이 뭔데 내 사랑을 판단합니까? 사랑이 아닐 거라고 말할 수 있습니까? 하지만 나도 가끔은 내 사랑을 의심한다. 고집 같아서. 집착이나 착각 같아서. 닳아서 너덜너덜하게 구멍이 난 행주 같아. 구멍 난 행주도 닦으면 닦인다. 물을 흡수한다. 햇볕에 마른다. 닳아서 구멍 난 사랑도 사랑은 사랑. 행주가 행주 아닐 때는 쓰레기통에 버려질 때. 사랑이 사랑 아닌 때는 과거에 버려질 때.

영원을 맹세하는 어리석음. 나는 당신이 어리석은 말을 할 때 사랑을 느끼지. 추우면서 안 춥다고 더우면서 괜찮다고 배고프면서 배부르다고 내게 당신 몫을 내밀 때, 그늘을 양보할 때, 목도리를 건넬 때. 나는 수집한다. 당신의 다정함을. 당신이 터무니없는 일로 화를 내거나 나를 비난할 때, 의심하고 탓할 때 나는 등을 돌리고 앉아 벽의 모서리 어두운 곳에 그동안 모아둔 다정함을 몰래 꺼내놓고 물끄러미 바라본다. 아기 때는 다 예뻐. 클수록 흉측해지지. 사랑은 자꾸 자란다. 공룡처럼 자라서 때로는 내가 너무 작아지고 위험에 빠진다. 길을 잃으면 손을 잡고 서로의 등을 살피면서 조심하라는 말을 나누잖아. 걸음을 뗄 때마다 서로의 발밑을 확인하잖아. 너무 익숙한 길에서는 손을 놓고 그저 걷잖아. 확인하지 않잖아. 우리 지금 얼마나 멀어졌는지 돌아봐줄래? 돌아봅니다. 당신은 없고. 옆을 봅니다. 생각에 잠긴 당신. 무슨 생각해? 물어보지 않아도 알 수 있어요. 나는 말합니다. 내가 미역국이랑 콩나물무침 해놨어. 당신은 말합니다. 그럼 네가 씻는 동안 내가 두부를 구우면 되겠다.

손을 잡고 익숙한 길을 걸어 집으로 돌아옵니다. 내가 씻을 때 당신은 두부를 굽고 당신이 씻을 때 나는 먹기 좋은 크기로 조미김을 자릅니다. 당신을 몰랐던 시절은 과거. 당신은 나의 미래를 품은 사람. 지금 우리는 나란히 앉아 저녁을 먹지요. 오늘은 어땠어? 별일 없었어? 물어봅니다. 돌아보는 마음. 추운 겨울밤 가장 낮은 온도로 전하는 사랑. 나눠주세요. 당신의 추위를. 나는 지금 충분히 따뜻합니다.

1
월

대한
大寒

겪어야

비로소 알 수 있는 진심

○

감기에 걸렸습니다.

목이 잠기고 기침이 나지만

병원에 갈 만큼 아프지는 않아요.

돌이켜보면 매년 이즈음 감기를 앓았고

앓고 나면 한 뼘 더 봄에 가까워집니다.

잘 지내고 계신가요.

대한大寒,

24절기의 마지막 절기입니다.

'큰 추위'라는 뜻이지만 오히려 소한보다 춥지 않아서

'소한의 얼음이 대한에 녹는다'는 말이 있다고 합니다.

작은 추위에 얼어붙었던 세상이

커다란 추위에 녹아내립니다.

자연은 크다고 강하거나

작다고 약하지만은 않은 걸까요.

소한 다음 대한.

작은 것 뒤에 큰 것을 두는 옛사람의 마음을 생각합니다.

신구간新舊間을 들어보셨나요. 제주도에서는 대한 후 오 일째

부터 입춘 삼 일 전까지를 신구간이라 부릅니다. 옛 신神은 하

늘로 올라가고 새로운 신은 아직 지상에 내려오지 않아서 사

람의 세상에 신이 없는 시기. 그때에는 불길한 날도 길한 날도

따로 없기 때문에 이사와 집수리를 마음대로 할 수 있습니다.

신이 없는 일주일.

사람들은 분주히 움직입니다.

새로운 날을 위해 집을 고치고 짐을 옮깁니다.

그동안 고마웠어요, 앞으로 잘 부탁합니다,

주고받는 인사에 신의 몫은 없습니다.

이사를 자주 다녀서 고향을 잊었습니다.

어딜 가도 내 집, 내 고향 같다고 말한 적도 있지만

사실 고향은 기억에 없습니다.

기억에 없는 것을 잊을 수는 없겠지요.

사실 내 것은 어디에도 없습니다.

나조차 나만의 것은 아니고

없는 사람이라면 잊을 수도 없을 텐데

여기저기 묻어서 존재합니다.

나는 말합니다.

좋은 사람이 되고 싶어요.

선생님은 묻습니다.

좋은 사람이란 어떤 사람인가요?

말을 하면 할수록 더럽히는 것만 같습니다.

작은 것을 부풀리고 큰 것을 부서트립니다.

괜찮다고 말하기 위해 괜찮지 않음을 늘어놓고

대범한 척하려다가 작은 마음까지 들켜버릴 때

아프지 않다고 말하지만

기침과 재채기는 숨길 수 없습니다.

드넓은 바다와 드높은 산 앞에서

나는 한없이 작은 존재,

바다와 산은 나에게

강함을 뽐낼 필요 없겠지만

신이 들을 수 없을 때에야

간절히 기도하는 사람이 있습니다.

친절이 두렵습니다. 버려질 것 같아서요. 행복한 시간을 뒤
덮는 두려운 그림자. 언제나 뭔가 잘못한 것만 같아서요. 잘못
했다면 벌을 받을 테니까요. 결국 실망할 거야. 이미 실망했겠
지. 그래요, 나는 모순덩어리입니다. 앞뒤가 맞지 않거든요.
맞아요, 나는 아픈 사람입니다. 감추고 있으니까요. 다가오지
마세요. 쓰다듬지 마세요. 겁이 나면 물어버릴 테니까. 그래

도 웃을 수 있겠어? 실망하지 않을 거야? 그러니 부디 나를 고
쳐주세요. 포기하지 말아주세요. 나아질 수 있다고, 아니 지금
그대로 충분히 좋은 사람이라고

시험하고 싶어서 달려드는 존재는 언제나 작은 나.
커다란 당신은 그저 바라보고 있네요.

신이 보고 있지 않을 때에야 비로소 아픈 사람이 있습니다.

겨울의 감기는 자연스러운 일.
그러니 조금 더 아플 수 있다고 말해주세요.

아직 신이 오지 않았으니 천천히 나아도 된다고
아무도 너를 판단하지 않으니
당분간 깊은 꿈에 파묻혀도 좋다고

너의 회복에 신의 몫은 없을 거라고.

좋은 사람에게 얼룩처럼 나를 묻히고 다닌 적이 있습니다.

묻어 있으면 나도 그처럼 좋아질 것 같았거든요.

그래요, 아마도 나는 기억되고 싶었나봅니다.

커다란 추위는 얼음을 녹이며 봄을 향해 걸어갑니다.

작은 나는 여기 잠시 머무를게요.

조금 더 아픈 다음 나아가겠습니다.

겨울의 한가운데서 겨울을 그리워합니다.

전학생. 유년기 나의 정체성.

　내가 황지초등학교에 입학했을 때 아버지는 광부였다. 어느 날 탄광의 열차가 탈선했다. 아버지는 그 열차에 깔려 다리를 다쳤고 육 개월 넘게 입원했다. 내가 평택초등학교로 전학 갔을 때 아버지는 전기 기술자였다. 어느 날 아버지는 머리에 붕대를 두른 채 평소보다 일찍 집에 왔다. 현장에서 일하던 중 머리로 볼트가 떨어졌다고 했다. 내가 풍기초등학교로 전학 갔을 때 아버지는 '성실전파사' 주인이었다. 전파사는 학교 후문 근처에 있었다. 학교에 무언가를 고치러 온 아버지를 멀리서 본 적이 있다. 나는 아버지를 모르는 척했다. 영주서부초등학교로 전학 갔을 때 아버지는 봉화 광산의 전기 기술자였다. 이후 이십 년 넘게 부모님은 주말부부로 지냈다. 더는 전학을 가지 않았다는 뜻이다.

세상에는 두 종류의 전학생이 있다. 낯선 환경에 적응하기 위해 적극적으로 친구를 사귀는 타입과 언젠가는 떠날 곳이라고 체념하며 친구 사귀기를 포기하는 타입. 나는 후자였다. 내성적인 전학생. 다른 지역 말투를 쓰는 몸도 목소리도 작은 아이. 지역마다 놀이 규칙이 달랐다. 두 줄 고무줄을 하는 곳에서 세 줄 고무줄을 하는 곳으로 전학 갔다. 공기알을 다섯 개만 쓰는 곳이 있었고 수십 개를 쓰는 곳이 있었다. 오징어 게임이나 땅따먹기 규칙도, 사방치기 그림이나 깨금발 방법도 조금씩 달랐다. 어느 지역에서는 정당한 행동이 다른 지역에서는 반칙이었다. 규칙을 몰라서 금방 탈락하거나 술래가 되는 나에게 친구들은 '공짜' 또는 '깍두기' 역할을 줬다. 이편이자 저편으로 언제나 공격만 하는 사람. 공짜로 놀이에 쭈볏쭈볏 참여했지만 여러 명과 어울려 노는 건 늘 어색했다. 무리에 섞여서 놀 때보다 멀찍이 떨어져 지켜볼 때 마음이 편했다. 그러다가 '나 이사 간다'는 인사도 없이 낯선 학교의 전학생 되기. 친구들 이름을 외우려고 노력하기. 다시 공짜가 되기.

태백의 연립빌라. 평택의 단층집. 풍기의 상가 주택과 단칸방. 영주의 현대아파트. 모두 내가 초등학생이었을 때 살던 집이다. 대학에 진학하면서 혼자 서울로 거처를 옮겼다. 1학년 때는 쌍문동의 기숙사에 살았다. 돌이켜보면 당시 '서울 사람' 보다 '지방 출신'이 서울의 지하철 노선도를 더 잘 외웠다. 마치 해외로 배낭여행을 가서 곳곳의 관광지를 살뜰하게 찾아다니 는 사람들처럼 '지방 출신' 중 다수는 주말마다 서울의 인기 있 는 장소—광화문, 신촌, 홍대, 혜화동, 동대문, 강변, 남산, 압 구정 등—를 찾아다녔다. 나는 학교 밖으로는 거의 나가지 않 았다. 지하철 노선도를 외우지도 않았다. 조금이라도 알아야 호기심도 생기기 마련. 그때 나는 서울을 아예 몰랐다. 너무 크고 무서운 곳에 가족도 친구도 없이 혼자 있다는 불안 때문 에 더 혼자 있으려고 했다. 혼자여서 불안하고 외로운 만큼, 딱 그만큼만 견디면 되니까. 그래도 가끔은 마을버스를 타고 수 유역까지 가서 핫트랙스 음반매장을 둘러봤다. 던킨도너츠에 서 하트 모양 빵과 웰치스를 사 먹었다. 그 정도만 해도 내가 서울에 있다는 사실을 충분히 느낄 수 있었다.

2학년 때부터 자취를 시작했다. 방 한 칸에서 친구와 같이 살며 월세를 나눠 냈다. 4학년 때는 고시원으로 거처를 옮겼 다. 4학년 겨울방학을 시작하자마자 고시원의 짐을 정리했다.

우체국 택배 박스 5호짜리 하나를 다 채우지 못할 만큼 짐이 없었다. 짐을 부치고 무궁화호 기차를 타고 풍기로 갔다. 그곳에는 돈을 내지 않아도 되는 나의 방이 있었다. 서울을 등지고 그 방에 앉아서 밤마다 소설을 쓰기 시작했다.

이십대 후반에 다시 서울로 갔다. 연애를 하면서 남산과 한강에 처음 가봤다. 종로, 충무로, 상수동과 혜화동 곳곳을 돌아다녔다. 골목이 나타나면 어디로 이어질까 궁금해서 계속 걸었다. 버스를 두어 번씩 갈아타며 낯선 곳에서 길을 잃는 재미를 알게 되었다. 나도 모르는 사이 지하철 노선도를 외워버렸다. 누군가 내게 길을 물어보면 알려줄 수도 있었다. 스무 살 초반에 만난 서울은 한껏 경계해야 할 낯선 타인 같았지만 서른 살 가까워 만난 서울은 인기 많은 친구 같았다. 나는 서울과 친해지고 싶었다.

연애가 끝나고 다시 혼자가 되었을 때, 더는 서울이 두렵지 않았다. 길을 잃어도 걱정하지 않았고 익숙한 길도 지루하지 않았다. 혼자 극장에서 영화를 보고 밥을 먹고 카페에서 글을 썼다. 혼자라는 감각이 지겨울 때는 있었지만 혼자라는 이유로 위축되진 않았다. 당시 나는 남가좌동 언덕 끝의 원룸에서 살았다. 『당신 옆을 스쳐간 그 소녀의 이름은』을 써서 받은 상금으로 빌린 방이었다. 그 방에서 『팽이』『나는 왜 죽지 않았는가』(개정판 『원도』) 『구의 증명』 『해가 지는 곳으로』를 썼다. 그 방에 머무는 동안 나는 서울을 무척 좋아했다. 그러나 인기 많은 서울에서 계속 살기 위해서는 더 많은 수입이 필요했다. 글쓰기 외에 다른 일을 해야만 하는 상황이 닥쳤을 때 내가 가진 것을 돌아봤다. 원룸 전세 보증금과 랩톱과 버릴 수 없는 몇 권의 책과 언제든 떠날 수 있다는 마음가짐. 나는 다시 서울을 떠나기로 마음먹었다.

경기도와 인천의 전셋집부터 알아보다가 충남 천안으로 눈을 돌렸다. 천안에서 고속버스나 KTX를 타면 서울까지 한 시간 걸렸다. 큰 부담 없이 오갈 수 있는 거리였다. 부동산 어플로 천안 곳곳의 전셋집을 알아봤다. 적당한 가격의 집을 발견하면 지도 어플로 해당 지역을 살펴봤다. 학교와 도서관과 경찰서가 가까이 있고, 대중교통을 이용하면 버스 터미널과 기차역이 그리 멀지 않은 동네를 찾아냈다. 『해가 지는 곳으로』를 출간하고 얼마 지나지 않은 때였으므로 2017년 여름, 이사를 준비했다. 많지 않은 짐을 최대한 줄였다. 택배 박스에 옷과 책과 그릇 등을 포장하여 천안의 이사할 집으로 부친 다음 소소하게 남은 짐은 캐리어에 넣었다. 이삿짐센터가 아닌 폐기물 처리 센터에 전화해서 남은 짐을 모두 버려달라고 했다. 캐리어를 끌고 원룸을 나와 택시를 탔다. 고속버스터미널로 가자고 하자 택시 기사님이 물었다.

여행을 가시나봅니다.

아뇨, 이사를 갑니다.

어디로 이사를 가십니까.

천안으로 갑니다.

멀리 가시네요.

그다지 멀지 않다고 대답하진 않았다. 이런저런 대화가 오간 끝에 기사님이 물었다.

다시 돌아오실 거죠?

질문을 듣는 순간 나는 약간…… 실패자가 된 것 같았다. 서울에서 버티지 못하고 튕겨진 사람. 비록 이렇게 떠나지만 언젠가는 성공해서 돌아오겠다고 마음먹는 젊은이. 이삼십대를 서울에서 보내고 서울 외 지역으로 떠나는 나를, 어떤 서울 시민은 그렇게 볼 수도 있을 것 같았다. 그들에게 서울은 돌아오는 곳이니까. 하지만 나에게 서울은 그런 곳이 아니었다. 후련한 마음으로 대답했다. 아뇨, 돌아오고 싶진 않아요. 더 멀리 갈 수 있으면 좋겠습니다.

그리고 나는 지금 제주도에 산다.

'제주도는 어떻게 가게 되셨나요?'라는 질문이 담긴 메일을 받은 적이 있다. 느닷없이 제주도라니, 순수하게 그 이유가 궁금하다고 했다. 그 메일을 받고 나서야 진지하게 돌이켜봤다. 그러게. 나는 어쩌다 이곳에 왔을까. 생각을 정리하여 답장을 썼다.

제주로 온 계기는…… 사랑하는 사람과 좋아하는 곳에서 살고 싶다는 소망을 실현하기 위해서랄까요.

그렇게 한 문장으로 정리하는 순간 심장이 두근거렸다. 어디선가 딩동댕! 소리가 들리는 것만 같았다. 문장을 이어 썼다.

'갈 수 있을까?'란 생각은 '못 갈 건 뭐야'로 변했고 '그렇다면 더 늦기 전에 가자'고 마음먹었습니다. 마음먹으니 금방 실행하게 되었고요.

천안에서의 생활도 나쁘진 않았다. 하지만 일이 너무 많았다. 서울을 떠나자 이상하게도 (어쩌면 당연하게도) 서울에 갈 일이 많아졌고, 글만 쓰고 싶어서 거주지를 옮겼더니 (역시 당연하게도) 써야 할 글이 많아졌다. 거의 일주일에 한 번씩 서울행 고속버스나 KTX를 탔다. 허겁지겁 글을 썼다. 글을 쓰고 책으로 낼 수 있다는 건 무척 고마운 일인데, 그 고마운 일을 닥치는 대로 해치우고 있다는 느낌. 뭔가 일이 잘못 돌아가고 있으며 나의 속도와 불일치한다는 불안. 나는 나를 바꾸고 싶었지만 그건 무척 어려운 일. 내가 바꿀 수 있는 가장 손쉬운 조건 중에 환경이 있었다. 서울에서 천안으로 이사하듯 천안에서 제주로 이사하는 것. 환경을 바꾸면 나도 바뀔 것 같았다. 글만 쓰고 싶어서 천안으로 이사했더니 써야 할 글이 많아진 것처럼, 글을 열심히 쓰고 싶어서 제주로 이사하면 정말…… 그렇게 되지 않을까? 방금 '열심히'의 사전적 정의를 찾아보고 놀랐다. 내가 생각하던 개념과 조금 달라서. 내가 생각한 '열심'에는 '신속'이 있었는데…… 뜻도 제대로 모른 채로 열심히 하자는 말을 열심히 하면서 살아왔구나.

나의 말투를 듣고 고향이 어디냐고 묻는 사람이 있었다. 강원도와 경상도와 서울 억양이 고루 섞여 있으니까. 스스로 강원도 사람도 경상도 사람도 서울 사람도 아니라고 생각한다. 현재 나의 주소지는 제주도지만 누구도 나를 제주 사람이라고 생각하지 않는 것처럼. 제주로 거주지를 옮겼다는 소식을 듣고 그곳에서 얼마나 지낼 생각이냐고 묻는 사람도 있었다. 제주에서 '한 달 살기'나 '일 년 살기'를 하는 경우도 많으니까. 나는 되도록 오래 머물고 싶다고 대답했다.

그리고 나는 다시 이사를 준비중이다.

제주 생활 삼 년을 채우고 육지로 갈 예정이다. 파주 어딘가로 갈 것 같다. 제주에 되도록 오래 머물고 싶었지만 상황이 여의치 않다. 서울에서 천안으로 이사한 뒤 일어난 상황이 반복되었다. 막상 제주에 오니 육지 갈 일이 너무 많이 생겼다. 한 달에 두어 번씩 4박 5일 일정으로 육지에 가고, 제주에 있는 날에는 내 방에서 허겁지겁 글만 쓰는 삶. 제주를 배경으로 한 TV프로그램을 보면서 제주를 여행하고 싶다고 생각하는 삶.

제주의 한가운데에서 제주를 그리워하는 삶. 제주로 오면 육지의 일을 줄일 거라고 생각했는데, 막상 살아보고 깨달았다. 나는 일을 거절할 마음이 없다. 아직은 일을 더 하고 싶다. 부르면 가고 싶고 쓰라면 쓰고 싶다. 겪어야 비로소 알 수 있는 진심. 그래도 제주까지 왔으니 살 수 있는 만큼은 살다가, 적어도 오 년은 채우고 육지로 가야지 생각했었다. 떠날 계기가 생기리라 막연히 믿었다. 그 계기가 너무 빨리 찾아왔다. 전세 거주자에게 일어나는 뭐, 그런 계기. 지인이 파주를 추천했고, 천안에서 제주로 떠날 결심을 했을 때처럼, 큰 고민 없이 그리로 가볼까 마음먹었다. 제주에서 파주까지. 멀긴 멀다. 그렇다고 못 갈 건 없지. 감기를 두어 번 앓은 뒤 떠나지 않을까.

언제든 떠날 수 있다는 마음.
사랑하지 않았다는 뜻은 아닙니다.
여전히 그리워하고 있어요.

2
월

입춘
立春

우리 서로 미워했어도

오늘만은 애틋하게

○

시간은 흘러 오늘에 이르렀습니다.

24절기 중 첫번째 절기,

입춘立春입니다.

잘 지내고 계신가요.

이 무렵 대문에 붙이는 입춘축을 보신 적 있으신가요.

입춘대길 건양다경立春大吉 建陽多慶.

봄을 맞이하며

올해 좋은 일이 햇볕처럼 쏟아지기를 기원하는 마음.

봄이 오고 있습니다.

그러므로 아직은 이 겨울을 졸업하기 전.

졸업식을 생각합니다.

나의 첫 졸업식에 부모님은 오지 못했습니다. 많이 바쁘셨으니까요. 졸업할 때 꽃을 받을 수도 있다는 것을 그때 처음 알았습니다. 어린이 최진영은 어쩌면 '꽃 같은 건 벌써 죽은 거야. 죽은 걸 포장해서 선물하는 거야'라고 생각했을지도 모르겠어요.

고등학교 졸업식 날입니다. 일을 하던 엄마는 문득 생각합니다. 그래도 고등학교 졸업식은 가봐야지 않겠나. 사정을 말하고 공장을 나섭니다. 학교에 도착하니 졸업식은 이미 끝나버렸고 운동장에 삼삼오오 모여서 사진 찍는 사람들을 바라보며 엄마는 내가 나오기를 기다립니다.

나는 교실에 홀로 앉아 있습니다. 떠나고 싶지 않았거든요. 그곳을 무척 좋아했으니까요. 학교가 완전히 텅 비어버리면 마지막으로 떠나자고 생각합니다. 밖에서 엄마가 기다린다는 걸 나는 까맣게 모르고 모두 떠나 고요해진 운동장을 힘없이 돌아서는 엄마.

대학교 졸업식은 나도 가지 않았어요. 졸업 사진을 찍지 않아 졸업 앨범도 받지 않았습니다. 여전히 떠나고 싶지 않았거든요.

시간이 흘러 엄마는 말합니다.
네가 졸업식도 안 가고 졸업장도 안 가져와서 대학교를 가짜로 다녔나 생각했었다.

떠나거나 머무르지 못하고 서성이던 날들.
가짜는 아니었지만 진짜도 아니었던 것 같아요.

그러고 보니 졸업식 날 찍은 사진이 한 장도 없습니다.
입학만 하고 졸업은 하지 않은 것 같아요.

마지막까지
그곳에 남아 있는 나.

그래도 꽃은 예쁘다고 생각하면서.

늘 추웠던 졸업식.

텅 빈 교실.

떠날 곳 없어 떠돌던 마음.

오래전 이야기입니다.

그때 미처 못한 말이 있어요.

미안해, 엄마. 내가 철이 없었지.

엄마도 학사모를 써보고 싶었을 텐데.

새해는 이제 한 달 흘렀습니다.

쏟아지는 햇살처럼

우리는 더 많은 축복의 말을 나눌 수 있고

처음 만나 서툴고 어색한 새해 다짐에

조금 더 가까이 다가갈 수 있을 겁니다.

나의 새해 다짐은

친절하라. 네가 마주치는 사람들 모두 힘겨운 싸움을 하고
있으니.*

이 겨울의 졸업식에서 주고받을 인사를 생각합니다.

그동안 고생 많았지.
애썼어.
졸업을 축하해.
너의 앞길에 축복이 가득할 거야.

봄이 오고 있습니다.
당신에게 따스한 햇살이 쏟아질 거예요.

---

* 시그리드 누네즈, 『어떻게 지내요』, 정소영 옮김, 엘리, 2021, 59쪽.

'최진영 사전'의 '졸업'은 다음과 같다.

졸업 (명사) 긴 여행의 종점. 우리 서로 미워했어도 오늘만은 애틋하게.

나는 유년기의 나에게서 졸업했다. 이제는 유년기의 나를 상상해야 한다.

갈구하는 사랑에서 졸업했다. 이제는 사랑을 폭식하지 않는다. 허겁지겁 먹으면 그만큼 빨리 허기진다는 걸 명심하자.

착한 딸에서 졸업했다. 이제 나는 정보 제공자 또는 콜센터 상담원에 가깝다. 엄마가 나에게 전화해서 "카톡 단체방을 만들려면 어떻게 하느냐" "휴대폰 인터넷이 안 되는데 어떻게 하느냐" "(카톡으로 사진을 보낸 뒤) 그 물건을 사고 싶다" "극장에

왔더니 표 끊어주는 사람이 없는데 어디서 표를 끊어야 하느냐" 등을 물어보면 친절하게 (제발 친절하게!) 설명해준다.

무던한 사람이라는 착각에서 졸업했다. 그동안은 예민하다는 소리를 들을 때마다 억울했다. 나는 예민한 게 아니라 굉장히 소심하고 눈치를 많이 보는 편이라고 생각했다. 하지만 소심하고 눈치보는 사람이어서 예민할 수 있음을 얼마 전에 깨달았다. 그 사실을 받아들이자 삶이 좀 편해졌다. 그러니까, 나 되게 예민한 사람이니까, 건드리면 깨물 수도 있음.

모닝커피에서 졸업했다. 성인이 된 후 매일 아침 눈을 뜨자마자 인스턴트 커피를 마시거나 핸드드립으로 오백 밀리리터를 내려마셨는데, 오 년 전 엄청난 위통으로 며칠 고생하고 모닝커피를 모닝 홍삼 엑기스로 바꿨다.

자기 불신에서 어느 정도 졸업했다. 힘들 때 '할 수 있어'라고 기합을 넣는다. 잘하려고 하지 말고 일단 해보자고 생각한다. 일단 해야 잘할 가능성도 있다. 그리고 나 혼자 하는 일은 없다. 글을 쓰기 위해서 자료조사를 할 때마다 마음으로 '감사합니다'를 수없이 외친다. 내가 지금 궁금해하는 것들을 먼저 연구한 사람들, 책으로 쓴 사람들, 취재하고 기사를 쓴 사람이 너무나 많다. 그들이 그 일을 할 수 있도록 도와준 사람들 또한 무수하다. 내가 쓰는 전기, 수도, 가스를 생각한다. 내가 먹는 음식과 사용하는 생필품의 유통과정을 생각한다. 내 방에 앉아서 글을 쓰고 있을 때 이 세계를 유지하는 수많은 노동을 떠올리고 그것에 기대어 살아가는 하루를 생각하면 혼자 쓰는 글이라는 생각에서 벗어날 수 있다. 또한 내가 엉망진창 글을 쓴다면 아마도 편집자님이 말해줄 것이다. 부족한 부분을 짚어주고 방향을 알려줄 것이다. 그러니까 괜찮다. 망친 글은 망친 글일 뿐이다. 단지 내가 잠시 좌절할 뿐이다. 세상에는 아무 일도 일어나지 않는다.

나는 마감에서 졸업할 것이다. 그런데 마감 없이도 내가 계속 글을 쓸 수 있을까? 어쨌든 지금은 바다의 부표처럼 마감이 저 멀리 있다. 저기까지만 가면 된다는 목표가 있다. 가야 할 곳이 정해져 있다는 건 다행한 일이다. 일단 도착한 다음에 후일을 도모하자.

알코올의존증에서 졸업할 것이다. 매일 마시는 일정량을 서서히 줄일 것이다. 경험자들 말을 들어보면 서서히 줄이면 안 되고 작정하고 단번에 딱 끊어야 한다는데…… 난 언제쯤 위에 술이 없는 상태로 잠들 수 있을까?

카페인의존증에서 졸업할 것이다. 글 쓸 때 커피를 마시지 않으면 초조하다. 산만해지고 안절부절 갈피를 못 잡는다. 그렇지만 몸이 더는 카페인을 받아들이지 못하는 순간이 오지 않을까? 어떤 조건이 확보되어야 글을 쓸 수 있다는 건 좀 위험한 것 같다. 그 어떤 조건에서도 글을 쓰는 창작가가 되고 싶다.

편견에서 졸업하고 싶다. 편견인지도 모르고 하는 생각과 말이 얼마나 많을까? 세상 만물을 처음 보는 눈, 처음 듣는 귀를 가지고 싶다. 편견을 버릴 수 없다면 긍정적 편견을 선별하여 가지고 싶다. 세상에 아주 많은 아름답고 훌륭한 책을 읽으면 새로운 눈과 귀를 가질 수 있을 것이다.

몇몇 기억과 상처에서 졸업할 것이다. 시간이 도와줄 것이다. 잊겠다는 게 아니다. 기억하고 간직한 채로 자유로워지고 싶다.

삶을 졸업할 때가 올 것이다. 정말 떠나야 할 때. 그 순간을 느닷없이 맞닥뜨리지만은 않기를. 잠시라도 준비할 수 있기를. 사랑을 전할 수 있는 시간이 주어지길 바란다. 그리고 돌아서서 인사해야지. 안녕, 너구나. 내 소설에는 네가 꽤 많이 등장해. 그만큼 너를 자주 상상했어. 그래서 네가 마냥 두렵지만은 않아. 너를 만나면 오랜 친구처럼 안아주고 싶다고도 생각했지. 이제 진짜 만났네. 내 손을 잡아줄 수 있어?

인생은 혼자 부르는 노래다. 가끔 화음이 더해진다. 때로는 합창이 이루어진다. 화음이 안 맞을 수 있다. 합창이 지루할 수도 있다. 규칙은 단 하나. 스킵할 수 없다. 계속 부르다보면 곡의 진행에 반전이 있을 수도 있다. 처음에는 안 맞던 화음이 갈수록 아름다워진다거나 끝까지 부르고 나면 의외로 벅차오를지도 모른다. 노래가 끝나가는 게 아쉬운 순간도, 다음 노래로 빨리 넘어가고 싶은 순간도 있겠지. 노래를 부르다 울 수도 있다. 신이 나서 춤출 때도 있으리라. 노래는 끝나고 다음 노래는 이어진다. 같은 노래를 부를 수는 없다. 거듭하다보면 편히 노래하는 방법을 서서히 깨달을지도 모른다. 나에게 맞는 목소리와 성량을 찾아낼 수도 있다. 혼자 부르는 노래를 누군가 귀기울여 듣는다. 그러다 마음을 빼앗길 수도 있다. 그냥, 그렇게 생각하면 수월해질 때가 있다.

2
월

우수
雨水

오늘은 울고
내일은 올리브유를 사자

○

우수雨水,

눈이 녹아서 비가 되는 날입니다.

시냇물은 햇살과 어우러져 반짝반짝 흐르고
봄을 부르는 손짓처럼 비가 내릴 거예요.

잘 지내고 계신가요.

당신에게 보내는 마지막 편지입니다.

이십 년 전 이맘때 일입니다.
한 소년을 만났습니다.
새학기가 시작되면 중3이 될 소년.
당시 나는 대학을 갓 졸업한 스물네 살이었지만
아직 어른은 아닌 것 같아요.

소년의 눈빛에서 저항과 반항의 불꽃을 느낀 나는

Rage Against The Machine의 데뷔 음반을 건넵니다.

그건 내가 고등학생 때 즐겨 듣던 음반.

틀림없이 소년도 좋아할 거라고 생각했어요.

소년은 좋아했고,

소년과 친해지고 싶어서 N.EX.T의 음반도 건네봅니다.

자연스러운 이유로 멀어진 우리는

드문드문 안부를 묻는 사이가 되고

십여 년 전 어느 겨울,

소년은 이십대 중반의 청년이 됩니다.

서른을 넘긴 나는 조금 더 어른에 가깝고

춥고 무서워서 우리는 문득

연인이 됩니다.

그는 방황하듯 나를 사랑하고

나는 저항하듯 그를 사랑하고

『구의 증명』을 쓰다가 고개를 들면
내 앞에는 언제나 그가 있었어요.

우리 사이의 물리적 거리는 백 킬로미터,
때로는 사백 킬로미터까지 멀어집니다.
서울-천안, 대전-제주, 서울-제주, 천안-영주.
만나러 가는 길은 짐작보다 짧고
홀로 돌아오는 길은 생각보다 멀었지요.

짜증내고 울고 억울해하고
도무지 상대를 이해할 수 없어 다투면서도
헤어지자는 말만큼은 절대 꺼내지 않는 두 사람.

헤어지자고 말해버리면 정말 헤어질까봐.

나에게 상처 줄 수 있는 사람은 가장 사랑하는 사람.
나를 사랑할 수 없는 순간에도

그를 사랑하는 나만큼은 보호하고 싶었어요.

눈이 녹아서 비가 내리던 어느 날.
멋지게 차려입은 그가 나를 바라보며
〈일상으로의 초대〉를 부릅니다.
작은 성당에서 우리는 부부가 됩니다.
불행과 비극까지 함께하겠다고 약속합니다.

오늘도 그는 카페에서 원두를 볶고 커피를 내립니다.
나는 내 방에 앉아 글을 씁니다.
여전한 일상입니다.

다정한 사람.
그가 애쓰고 있다는 걸 알아요.
뒷모습을 물끄러미 바라보면 어느새 슬퍼지고

서로 다른 생각 때문에 속상하고 외로운 날도 있지만
그런 날에도 그의 손을 잡고 돌아가고 싶은 마음.

어제는 나란히 서서 밤하늘을 봤습니다. 오리온자리, 큰개자리, 카시오페이아, 성단과 어둠과 우주 먼지와 암흑물질. 우리를 만든 세계. 적막하고 차가운 우주에서 별과 별은 한없이 멀어지고 있다지만

가까이 있는 우리는 느낄 수 없어요.

별빛은 과거의 소식.
함께 과거를 볼 수 있어 다행입니다.

곧 꽃샘추위가 몰려올 테고
그 또한 '우수 뒤 얼음같이' 살살 녹을 거예요.

별빛과도 같은 우리의 시간을 믿으니까
봄, 여름, 가을 지나 다시 올 겨울에
저 멀리서 빛나는 가장 밝은 과거를 함께 볼 수 있다면
그것으로 충분합니다.

오늘도 사랑한다는 고백이에요.

절기 편지를 시작하기까지 이십 년 걸렸다.

그를 만나지 않았다면 절기 편지 또한 없었을 것이다.

그러나

우리가 만나지 않았더라면 없었을 일들은 없다. 인생은 한 번뿐이고 우리는 만났다.

그리고 있었던 일들, 유일한 순간들, 책등을 손에 쥐고 책장을 넘기듯 지나간 하루하루.

그는 나의 멍게와 해초와 DSTM과 의자를 모른다. 하지만 나를 안다. 불안할 때 심각할 때 즐거울 때 아플 때 악몽을 꿀 때 내 표정을 안다. 나는 모르는 나를 안다. 무슨 일 있어?라고 묻지 않고 무슨 생각해?라고 묻는 사람. 내 어깨를 붙잡고 '진영아 숨 좀 쉬어'라고 말해주는 사람.

다른 사람을 사랑하고 싶진 않다. 한 사람을 다양하게 사랑하고 싶다. 내가 변덕을 부린다면 당신을 계속 사랑하고 있다는 뜻일 거야. 당신이 이해해주면 좋겠어.

두 사람이 걷는다. 멀리서 보면 한 사람처럼 보이는 두 사람. 사막이고, 숲이고, 해변이었다가 들판이고, 아스팔트 도시에서 협곡으로, 검은 밤, 푸른 새벽, 보랏빛 노을이 지는 해질 녘에서 그늘 한 점 없는 정오. 바람이 불고, 비가 쏟아지고, 작열하는 태양, 세상을 지우는 폭설. 아침에 눈을 뜨면 언제나 같은 시간. 구름이 흘러가고, 출근을 하고, 원두를 볶고, 글을 쓴다. 달걀을 삶고 보리차를 끓인다. 빨래가 다 되었다는 알람이 울린다. 올리브유가 없어. 마트에 가자. 카트에 양배추, 우유, 루꼴라, 파프리카, 당근, 깻잎, 두부, 콩나물, 로메인, 소주와 맥주를 가득 담고 집에 오니 올리브유가 없네. 나란히 앉아 밥을 먹고, 나란히 서서 설거지를 하고, 시간이 무섭도록 빨리 흐르지 않아? 수직 낙하하는 폭포수처럼. 그러니까 내일은 꼭 올리브유를 사자고 다짐하는 밤. 두 사람의 다짐은 언제나 그런 것. 꿈속에서, 두 사람이 걷는다. 목적지는 내일. 태양이 머물던 자리에 보름달이 빛난다.

머칠 전 KBO리그 신기록 하나가 갱신됐다. 열 팀의 다섯 경기 총 득점이 109점으로 최다 득점의 날. 두산과 기아의 경기 결과 30 대 6, 한화와 KT의 경기 결과 18 대 7, 롯데와 SSG의 경기 결과 11 대 12, NC와 키움의 경기 결과 9 대 0. 한여름 아주 더울 때 이처럼 엉망진창 스코어가 동시에 발생하는 날이 꼭 하루씩 있다. 우리에게는 그런 날을 칭하는 표현이 있다.

외야의 천사들이 총출동했어!

다른 사람이 들으면 무슨 뜻인지 모를 것이다. 설명이 필요할 것이다. 우리만의 암호 같은 말들이 쌓여간다.

그가 아니었다면 영화 〈헤드윅〉을 몰랐을 것이다. 〈The origin of love〉를 모르고 살았을 것이다. 내 삶은 그만큼 빈곤했을 것이다. 사랑은 고통. 서로를 바라보며 고통을 느끼는 것에 사랑의 기원이 있다. 당신의 고통은 나를 고통스럽게 한다. 우리는 오직 사랑하는 사람에게만 말한다. 너 때문에 너무 힘들어. 너 때문에 정말 미처버릴 것 같아. 원망의 말처럼 들리십니까. 왜 힘들어하고 있는지. 나 때문에 굳이 왜. 그냥 당신 인생에서 나를 없애면 되잖아. 쉽잖아. 그러나 없애지 않고 아파

한다. 당신이 이별을 선택하지 않는다면 나는 계속 원망을 듣겠습니다. 이번 생은 그렇게 사랑하겠습니다. 한밤에 깨어나 당신 가슴에 귀를 갖다댄다. 숨을 쉬고 있는지 확인한다. 한밤에 깨어난 당신이 나의 손목을 잡는 이유를 안다. 잘 있어? 잘 있지? 확인해야만 마음이 놓인다. 그러나 피할 수 없는 일들이 있다. 겪어야만 다음으로 나아가는 일. 당신이 너무 미워서 집을 나와 찬바람 부는 밤길을 걷고 또 걸을 때, 눈이 내리고, 새하얀 눈이 발자국을 지우고, 집으로 돌아가는 길을 알기에 헤맬 수밖에 없을 때. 내 방에 나를 가두고 숨죽여 울며 책을 찢고 또 찢을 때, 그 종이에 적힌 사랑, 침묵, 삶, 빛, 슬픔, 축복, 기도, 아침과 저녁처럼 아름다운 글자들, 아무리 찢어도 사라지지 않는 아름다움이 우는 나를 가만히 응시할 때. 써서 버리려고 미움을 종이에 옮겨 적으려다 펜으로 내 손등을 그어버릴 때, 앞서 적어놓은 일상이 나를 가로막을 때, 잠시만 기다려달라고, 돌아보라고, 안도하며 손을 잡고 걷던 어제를 우묵하게 비추는 스탠드 불빛. 누구에게도 해본 적 없는 모진 소리를 기어코 당신에게 쏟아낼 때, 당신 얼굴에는 고통이 있고 그것은 우리가 하나가 되려고 애썼던 시간이어서, 당신의 고통은 나의 고통이 되고, 올리브유가 필요하면 올리브유를 사러 가야 한다. 우리는 그것을 함께하기로 했다. 오늘은 울고 내일은 올리브유를 사자.

반가운 사람들이 나를 만나러 제주까지 온 날, 밤늦게까지 즐겁게 어울리다가 아쉬운 마음으로 자리를 정리하면서 나는 그에게 문자를 남긴다. 이제 집으로 가. 바로 답장이 온다. 마중 나갈게. 다정한 사람들과 봄날의 밤길을 걷는다. 그들이 묵는 호텔 앞에 금세 닿고, 그들은 그를 만날 때까지 계속 걷자고 한다. 우리는 좀더 걷는다. 맞은편 저 멀리에서 걸어오는 그가 보인다. 밤 깊어 길은 어둡고 그는 검은 옷을 입고 있지만 나는 한눈에 알아본다. 다정한 사람들에게 말한다. 저기 그가 오고 있어요. 멀리서, 그가 손을 흔든다. 그러나 사람들은 그를 찾을 수 없다. 시간이 조금 더 흐른 후 그가 가로등 아래를 지날 때에야 사람들은 그를 알아본다. 나는 이상한 뿌듯함을 느낀다. 나는 아주 멀리서도 너를 알아볼 수 있어. 다른 사람이 너를 보지 못할 때도 나는 널 볼 수 있어.

먼 훗날에도 알아보겠지.
나비가 되어도.

꽃으로 피어나도.

바람으로 잠시 머물러도.

어둠 속에서 한없이 멀어지는 별이 되더라도.

과거를 알기에 묻지 않는 것이 있다. 미래를 꿈꾸기에 말하지 않는 것이 있다. 우리 이젠 서로의 나이를 모른다. 여전히 격렬하게 싸울 때가 있고, 모든 것을 이전으로 되돌리고 싶을 때도 있다. 그런 순간은 아주 적다. 외야의 천사들이 총출동하는 날만큼 적다. 매일 반복되는 가장 큰 고민은 오늘 저녁에 뭐 먹지? 우린 진지한 토론을 거듭하여 그날의 고민을 해결한다. 이사 갈 집을 알아보는 것보다, 관리비가 왜 이렇게 많이 나왔는가 계산하는 것보다, 자동차가 고장나고 하수구가 막히는 것보다, 서 있으면 무릎이 아프고 앉으면 허리가 아프지만 당장 써야 할 글이 있어 우왕좌왕하는 것보다 훨씬 중요한 고민. 당신과 오늘 한끼를 맛있게 먹는 것. 다른 고민도 그처럼 해결할 수 있다고 믿는다.

배우고 있다.

함께 어른이 되고 있다.

시행과 착오. 습관적으로 잘못 사랑해도 기회가 있다. 거듭
시도하고 다시 실패하다가 어느 운 좋은 날 당신이 내 마음을
알아주면 지도에 이정표가 하나 생긴다. 지름길 말고 같이 바
라보고 싶은 풍경이 펼쳐지는 길. 어느 날은 대정의 바다에서
돌고래떼를 만났다. 멀리서 돌고래들이 은빛 춤을 추었다. 그
저 돌고래를 만났을 뿐인데 우리는 행운이라고 말했다. 큰마
음 먹고 카페와 글쓰기를 쉬기로 한 날, 가고 싶었던 식당을 찾
아가면 꼭 쉬는 날이었다. 이 사람들도 우리와 같은 마음인가
봐, 그렇게 쉬고 싶었나봐, 주고받다보면 가고 싶은 다른 곳이
생겼다. 해안동 살 때, 산책중에 매일 만나던 강아지가 있었
다. 나이가 많아 보였지만 우리는 강아지라고 불렀다. 나이가
많은 강아지는 목줄 없이 집 근처를 자유롭게 돌아다녔다. 강
아지는 낯을 많이 가렸다. 종종 걷다가도 우리와 마주치면 멈
춰서 망설였다. 우리는 일부러 길을 건너서 강아지와 멀어졌
다. 그러면 강아지는 천천히 가던 길을 갔다. 일 년 가까이 강
아지에게 인사를 건넸다. 안녕. 안녕. 그 동네를 떠나기 전날
어김없이 강아지를 만났다. 그런데 강아지가 가까이 다가왔
다. 이제 다시 못 볼 걸 알아, 하고 말을 거는 것처럼 옆에 머무

르며 우리를 바라봤다. 안녕, 잘 지내. 인사를 건넸더니 강아지는 천천히 가던 길을 갔다. 창밖으로 노을이 지면 안녕, 안녕. 한여름 쌍무지개를 만나면 안녕, 안녕. 초저녁 초승달과 샛별에게 안녕, 안녕. 매일 보는 나무에게 안녕, 안녕. 드넓은 바다의 돌고래떼에게 안녕, 안녕. 인사를 건네면 풍경은 천천히 가던 길을 간다. 늘 같은 자리에서 다른 모습을 보여준다. 우리는 함께 걸으며 바라본다. 오늘을. 행운을. 쉼 없는 우주를. 우리는 이토록 작고, 나약하고, 순간이어서 고유하다. 이토록 사소해서 유일하다. 이 세상에 당신은 당신뿐이고 나는 나뿐이어서 서로를 사랑하게 되었다.

사랑이란 대체 무엇일까.

알 수 없어서 바라본다.

이렇게 바라보고 있으면 언젠가는 당신이 말해줄 것만 같아서.

ⓒ 최진영 2024

초판 1쇄 발행 2024년 10월 25일
초판 2쇄 발행 2024년 10월 31일

지은이 최진영

책임편집 유성원
편집 김동휘 권현승
디자인 한혜진
저작권 박지영 형소진 최은진 오서영
마케팅 정민호 박치우 한민아 이민경 박진희 황승현
브랜딩 함유지 함근아 박민재 김희숙 이송이 박다솔 조다현 정승민 배진성
제작 강신은 김동욱 이순호
제작처 영신사

펴낸곳 (주)난다
펴낸이 김민정
출판등록 2016년 8월 25일 제406-2016-000108호
주소 10881 경기도 파주시 회동길 210
전자우편 nandatoogo@gmail.com **페이스북** @nandaisart **인스타그램** @nandaisart
문의전화 031-955-8865(편집) 031-955-2689(마케팅) 031-955-8855(팩스)

ISBN 979-11-94171-14-0 03810